涙のあとに、微笑みを

菓子店「ほほえみ」＊光り子の物語

浅田宗一郎
Soichiro Asada

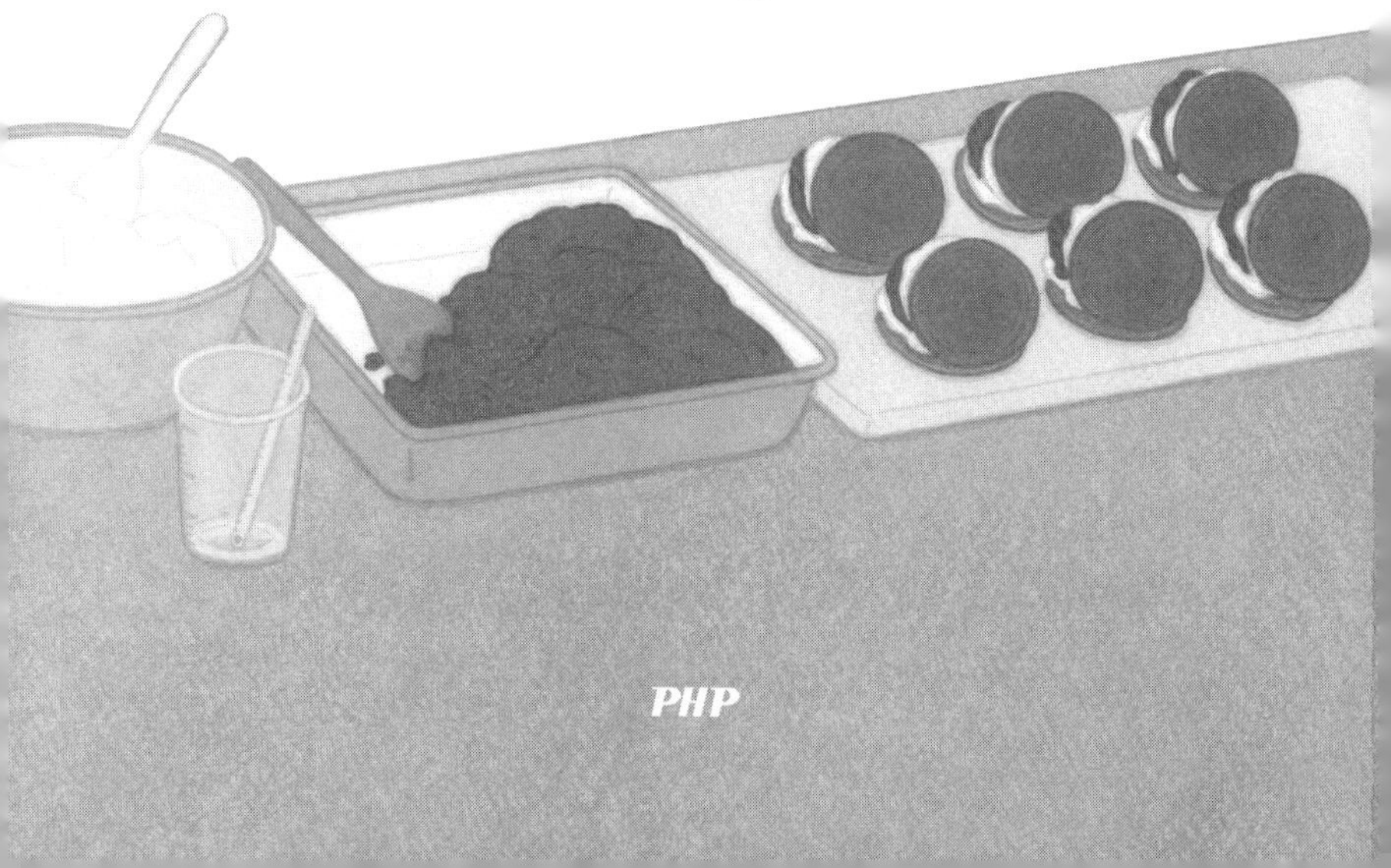

PHP

青色青光　黄色黄光
（しょうしきしょうこう　おうしきおうこう）
赤色赤光　白色白光
（しゃくしきしゃっこう　びゃくしきびゃっこう）

（「仏説阿弥陀経」より）

老人も、若者も、男性も、女性も、裕福な人も、貧しい人も、すべては光り輝く。

目次

一　崩壊

私は、一九七三年に兵庫県の南東に位置する尼崎市《あまがさき》で生まれた。「幸道光り子《こうどうひかこ》」と名づけられた。

両親は、最初、漢字二文字《ふたもじ》の、「光子」を考えていた。だけど、「みつこ」や、「ひかるこ」と読まれる可能性があったため、「り」というひらがなを入れたのだ。

尼崎市は大阪市に接している。神戸市にも近いため、「阪神工業地帯」の重要都市として栄えてきた。

父は大阪湾に面する、「山中金属工業株式会社」で働いている。母は、毎日、朝から夕方まで内職をしている。

私たちは線路沿いの、「さつき文化」という二階建て長屋に住んでいた。

長屋の名称は大家さんの、「五月《さつき》」という苗字からとったものだ。一級建築士でもある大家さんは、長屋の点検にきたとき、「この建物は私が設計しました。壁には頑丈な筋交《すじか》いをいれていいます。何があっても倒れませんから安心してください」といっていた。

長屋から尼崎駅までは徒歩十分だ。家賃は相場より安い。そのため、「さつき文化」は部屋が空くとすぐに次の借り手があらわれた。

一　崩　壊

一九八六年四月、私は中学校に入学した。

六月。平日の夕方、私が学校から帰宅すると、母が六畳間の窓際で内職をしていた。今日はプラスティック製品のシール貼りだ。

私は内職を手伝うために母のとなりに座った。

「お、お母ちゃん。シール貼りは、む、難しくないから、たくさん、作ってあげるね」

私は言葉につまる。

両親は、「気にしなくていい」という。だけど、どうしても引け目を感じてしまう。

三カ月前。私は中学校に上がる直前に自分の意志で耳鼻咽喉科《じびいんこうか》にいった。診察を終えた先生は、「悪いところはありません。幸道さんは少し恥ずかしがり屋なのでしょう」といった。

私は機能的な問題がなくてほっとした。

ただ、病院でも原因はわからなかった。

このとき、私は、言葉がつまるのは精神的な問題ではないかと思った……。

内職の手をとめて空をみる。尼崎の工場の煙で靄《もや》がかかっている。私は澄んだ青空をあまりみたことがない。

視線を母に移す。

母の胸もとで小さなリングが輝く。父と私も同じペンダントをしている。私は物心ついたときにはこの小さなリングを首にかけていた。

昔、母は、「これは大切なものだからずっと身につけておいてね」といった。

母は、神戸市の三宮《さんのみや》駅前にある、「正田《しょうだ》呉服店」の三姉妹の末っ子として生まれた。長女は遥《はるか》、次女は香《かおり》、三女の母は恵《めぐみ》という。母は京都の有名私立大学を卒業している。

母の豊かな環境に対して父は厳しい生活を強《し》いられてきた。

父は孤児だった。大阪市の仏教系児童養護施設「優結《ゆうゆ》うハウス」で育った。「優結う」は、「子どもたちを優しさで結ぶ」という意味だ。父の、「幸道進」という姓名は、当時の市長と施設長が、「幸せな道に進んでほしい」と願ってつけてくれたという。

父は、高校卒業後、「山中金属工業株式会社」に就職した。そのとき、施設をでて、「さつき文化」で新生活を始めた。

父と母は同い年だ。

二人の出会いは偶然だった。

一　崩　壊

十五年前、二十三歳の父が機械加工の研修を終えて三宮駅にむかっていたとき、突然、目の前にあらわれた母と衝突したのだ。着物をきていた母は不自然な形で地面に倒れた。しかもその衝撃で右足首を骨折した。母はしばらく入院することになった。父は、毎日、お見舞いにいった。少ない給料から入院費用もだした。

母は父の誠実さに魅《ひ》かれた。そして、退院の日に父に交際を申し込んだ。

翌年、二人は二十四歳のときに結婚の約束をした。しかし、母の家族は大反対した。工場労働者の父には地位も名誉も財産もなかったからだ。このとき、母の味方になってくれたのは長女の遥さんだけだったという。

結局、母は勘当同然に家をでて父と暮らし始めた。

一年後、母は私を出産した。だけど、母の両親はいまだに私の存在を認めていない。実際、正田家の人たちは、一度も、「さつき文化」にきていない。私も、「正田呉服店」を訪れたことがない。ただ、母は遥さんとだけはときどき連絡をとっていた。

神戸は全国でも有数の美しい港湾都市だ。母は洗練された街で裕福な家庭に生まれた。

それが今は貧しい長屋住まいをしている。

私は内職の手をとめて、「お、お母ちゃんは、幸せなの?」と尋ねてみた。

母が微笑《ほほえ》む。

「もちろん幸せよ」

「で、でも、内職するのはしんどいでしょう? 神戸の家は、お金持ちなのに……」

母は、「光り子。この世界には裕福な人もいれば貧しい人もいる。たしかにお金があればいろいろな夢を叶《かな》えることができる。でも、お金では手に入らないものもある……。私は、お父さんと光り子と一緒に過ごせるのが本当にうれしい……。それから私は働くのが好きなの。光り子も手伝ってくれるし、今日も楽しく仕事をしているわ」と答えた。


その日の夜。私は、両親と江口明と一緒に晩ご飯を食べている。

明は私の同級生で右どなりの部屋に住んでいる。江口家は母子家庭だ。明は、「おれの戸籍には父ちゃんの名前がないんだ」といっていた。

明のお母さんは事務の仕事と軽作業のアルバイトをしている。長屋に帰ってくるのはいつも午後九時前だ。そのため、明は幼稚園のころから平日のほとんどを私のところで過ごしている。ちなみに、私の母はときどき軽作業を手伝いにいく。

私と明はきょうだいのように育てられた。

私は、明を、「家族」だと思っている。

明がお茶碗を差しだして、「光り子、おかわり」という。

私はお茶碗にご飯をついだ。明は半年ほど前から食欲が増えた。成長期なのだろう。最近は目に見えて身長が伸びている。

父は笑いながら、「明くんはいつも気持ちよく食べてくれるな」といった。

「光り子の作るおかずがおいしいからです」

明が当たり前のように答える。

私は、毎日、母と一緒に夕食を作っている。明が、「おいしい」といってくれるのは素直にうれしい。

食事を終えたあと、私は二階の自分の部屋のテーブルで教科書を開いた。正面に明が座っている。私と明は小学四年生のときから二人で勉強しているのだ。

明が鉛筆を置いて私をみる。

「光り子。いつもごめんな……」

「え、きゅ、急に、どうしたの？」

「おれはおじさんとおばさんと光り子に世話になってばかりだ……。これ以上は迷惑をかけないようにするから」

「あ、明は、迷惑なんて、かけてないよ」

明はうつむいたまま何も答えなかった。

午後八時五十分。明のお母さんが迎えにきた。

私は玄関で二人を見送った。そのとき、明のお母さんがひどく疲れているようにみえた……。


この日、私は午後十一時前に就寝した。

午前〇時半。のどが渇いて目が覚めた。二階の部屋のふすまをあけて階段を下りる。すると一階の六畳間から母の声が聞こえた。

私は階段の柱から少しだけ顔をだして、部屋の様子をうかがった。

「あなた、光り子は中学生になったし、私、午前中だけでも外で働こうと思う……。これからはもっとお金が必要になるでしょう?」

父は、「……すまないな」と答えた。

「あやまらないで。あなたは家族のためにひたすら働いている。光り子は内職や夕食の手伝いをしてくれる。勉強もがんばっている……。私は、もう少し努力したいのよ」

工場労働者の父は給料が安い。立場も弱い。会社ではつらいことが多いだろう。

だけど、父は愚痴や不満をいわない。お酒はのまないし賭け事もしない。毎朝七時過ぎに自転車で工場へ向かって、仕事が終わるとどこにも寄らずに帰ってくる。


二カ月前。中学校の入学式の朝。

父は、「光り子。わしは児童養護施設で育った。ずっと自分の存在意義がわからなかった。それが二十四歳のときにお母さんと結婚することができた。そして、次の年に光り子が誕生した。わしは、光り子を抱いた瞬間、自分が生まれたのは家族を守るためだということがはっきりわかった……。この世界は厳しい。人間は生きればいきるほど苦しみや悲しみを経験する。それでも、わしは体が動くかぎりお母さんと光り子のために働き続ける……。

昔、『優結うハウス』で、『青色青光　黄色黄光　赤色赤光　白色白光』という言葉を教えてもらったんだ。浄土の花がそれぞれの色で光を放つように、老人も、若者も、男性も、女性も、裕福な人も、貧しい人も、すべては光り輝くという意味だ……。『光り子』という名前には、『苦しいときも、悲しいときも、光を求めて歩み続けてほしい』という願いをこめている。光り子は、今日、中学校に入学する。中学生活は喜びや楽しみばかりじゃないだろう。だけど、どんなときも前をみて歩んでくれ。そうすれば、必ず、かけがえのない光に出会えるから」といった……。

私は、口を結んで、階段の柱に身を隠した。そして、音を立てずに二階に上がった。

八月。夏休み。

父と母は午前七時過ぎに仕事にでかけた。母は先月から内職に加えて、大阪市内のホテル清掃のアルバイトをしている。

午前十時。私は電車にのって神戸市に向かった。一度、母の実家をみておきたかったのだ。

十時半。三宮駅に到着した。

「正田呉服店」は駅前の四階建てのビルだった。外壁が少しひび割れている。母は、「正田のビルは戦後すぐに建てられたのよ」といっていた。

すでに築四十年なのだ。

そのとき、玄関の自動ドアが開いて客と思《おぼ》しき男性と和服姿の二人の女性が外にでてきた。私は目をみはった。三十代の後半にみえる女性が母にそっくりだったからだ。年配の女性も母に似ている。

若いほうの女性と視線が合う。私は思わずうつむいた……。

しばらくして顔を上げると、若いほうの女性が目の前に立っていた。年配の女性は店に入ったようだ。

「……もしかして、光り子ちゃん？」

私は一歩下がってうなずいた。

「やっぱり……。光り子ちゃんには恵の子どものころの面影があるわ。初めまして、長女の遥です……。光り子ちゃんは、今年、中学生になったのかな？」

「は、はい。四月に、中学に、入学しました」

「そう。時間が経つのは本当に速いわね……。私たち三姉妹は年子なのよ。今年、私は四十歳になる。ただ、縁がなくて結婚していないの。それで、一応、『正田呉服店』を継ぐことになっている……。光り子ちゃん、私の両親が強情でごめんなさい。私も尼崎にいくことを止められてるのよ。だけど、私は、光り子ちゃんの味方だからね。何かあったらいつでも連絡して」

遥さんが微笑みながら私の胸もとをみる。

「きれいなペンダント……。リングが輝いてるわ」

「こ、これは、お母ちゃんとお父ちゃんと、おそろいなんです」

「へえ……。ということは、そのリングは何かの記念かな?」

次の瞬間、遥さんは顔をこわばらせて私から視線をそらせた。

私は、遥さんの反応に驚いた。

そして、このとき、リングには、何か重大な秘密が隠されているのだと思った……。

その日の夕方。

私と母は長屋で内職をしている。

私は、母に、「正田呉服店」を訪ねたことと遥さんが優しくしてくれたことを話した。

母が複雑な顔をする。私が相談せずに神戸にいったからだろう。

「光り子。遥姉さんは何かいっていた？」

私は母にペンダントのことをききたかった。だけど、何か大きなものが壊れそうで口にだすことができなかった……。

一カ月が経った。

九月。中学一年生の二学期が始まった。「さつき文化」の近くに、「さつきアパート」がある。「さつきアパート」には同級生の西条司《さいじょうつかさ》が住んでいる。私の長屋と司のアパートは同じ大家さんだ。そのため、「さつきアパート」も頑丈だった。

司は明と同じ母子家庭だ。お父さんは司が小学三年生のときにすい臓がんで亡くなった。お母さんは保育所に勤めている。収入は少ないようで、司も、毎朝、新聞配達をしている。

司は色が白くて女性のように繊細で整った顔立ちをしている。ただ、いつも一人だった。成績もあまりよくなかった。

私と明は司を心配して一日に何度も声をかけた。一緒に登下校もした。

司は休み時間になるとよくノートに文章を書いていた。

私は一度ノートをみせてもらったことがある。私が、「こ、これって、もしかしたら、小説？」ときくと、司は恥ずかしそうに、「うん……。幸道さん。ぼくは、無から有を創ることが好きなんだ」と答えた。

たしかに物語は無から有を創る。

だけど、学校は知識を習い覚えるところだ。どれだけ物語を創っても成績には結びつかない。

このとき、私は司の価値観は学校と合っていないように感じた。

十月の平日。夕方、明が子ねこをひろってきた。オスねこで前足がふくれあがっている。

明は、「さっき、道ばたで大きなねこに襲われてたんだ。おれが声を上げると大きなねこは逃げていった。子ねこは倒れたまま悲しそうな顔でおれをみつめていた……。おれ、この子ねこを守ってあげたい」といった。

夜。子ねこは私の家でみそ汁ご飯を食べた。おかわりもした。

子ねこはお腹が一杯になると座布団の上で眠った。基本的に白ねこだ。だけど、ひたいに黒い縦線が三本ある。

私は、「あ、明。これって、黒い毛だよね」といった。

「うん。おれ、最初、汚れてるのかと思った……。こいつは、おでこに三本線がある。『3号』と名づけよう」

私は思わず笑ってしまった。

3号は穏やかな性格だった。爪も牙もださなかった。そして、不思議なことにまったく鳴かなかった。

明は、「よっぽど怖いことがあったんだな。3号、安心しろよ。これからはおれたちが守ってやるからな」といった。

3号は私と明の家を行き来した。夜は必ず明と一緒に帰っていった。

私は、3号は明に助けられたことがわかっているのだと思った。

二学期になって明は私と一緒に夕食を作るようになった。

明はのみ込みが早くてあっという間に料理のレパートリーを増やしていった。

私と両親と明は、毎日、食事をしながらたくさん会話をした。そして、よく笑った。

私たちは贅沢《ぜいたく》を知らない。だけど、私は、貧しくても平穏な生活に満足していた。

そして、このささやかな幸せがずっと続くことを、心から願った。


年月が過ぎていく。

二年半が経った。

一九八九年四月、私と明は校区で一番の公立高校に進学した。司は普通科を望んだけれど学力が足りなくて工業高校に入った。

私は高校で文系コースを選択した。このころには国立大学へ進んで大手銀行に就職することが目標になっていた。銀行員には安定が保証されているからだ。

明が選択したのは理系コースだった。明の戸籍にはお父さんの名前がない。お母さんが結婚せずに明を産んだからだ。明の環境は恵まれたものではない。だけど、明は逆境をバネにしてたくましく生きている。明ならきっとトップクラスの大学に入るだろう。

高校入学後、夕食は明が一人で作るようになった。明はレシピ本をみるだけで複雑な料理を見事に完成させた。

私のほうは食後のデザート作りに専念した。

昔、父は、「光り子。『優結うハウス』は、スタッフの指導のもとで子どもたちが炊事、洗濯、掃除をしていたんだ。わしは小学六年生から、『食後のデザート係』だった。甘いお菓子はみんなを笑顔にする。わしはスタッフや仲間の喜ぶ顔がみたくて、毎日、一所懸命、デザートを作った」といっていた。

父は、今でも仕事が休みのときには簡単なお菓子を作ってくれる。私は父の甘いお菓子が大好きだ。

私は、毎晩、父に習って安い材料でゼリーやプリンを作った。最近は和菓子にも挑戦している。

父と母と明がおいしそうにデザートを食べてくれると幸せな気持ちになる。

私は、みんなの笑顔をみるうちに、いつか、自分のオリジナルスイーツを全国の人に届けたいと思うようになった。

それから、３号はすごく大きくなった。体重は八キロもある。だけど、いまだに一度も鳴かない。

明は、「光り子。おれ、3号は声がでないんだと思う」といった。

私は、3号の頭をなでながらうなずいた。


私は高校入学後、男子からよく声をかけられた。私の母は手足が長くてくせのない顔立ちをしている。それは正田家の女性の特徴だ。私もその資質を少し受けついでいるのだ。

異性に注目されるのは純粋にうれしかった。ただ、私にとって恋愛は先のことだ。私は両親に負担をかけないために国立大学に入らなければならない。高校はあくまで大学受験のためのプロセスなのだ。

私のクラスに京野麗奈《きょうのれいな》がいた。

麗奈の父は、「京野不動産」を経営している。ここ数年、日本は好景気が続いている。土地価格も上昇している。その恩恵を受けて不動産会社は莫大な利益を上げているという。実際、麗奈は高級外車で送迎してもらっていた。そして、学校ではとりまきを従えて女王のように振る舞っている。

一　崩　壊

五月の夕方。私が校門をでると麗奈に声をかけられた。

「幸道さん、家まで送ってあげるわ」

「え？　い、いいよ。私は、歩いて帰るから」

私は、毎日、徒歩で三十分かけて高校に通っている。クラブ活動をしていないので日常生活のなかで足腰を鍛えているのだ。

「遠慮しないで車にのってよ。線路のそばの長屋は私の帰り道だから」

私は麗奈と視線を合わせた。

今、麗奈は、「さつき文化」の場所を知っていた。

麗奈が私の右腕をつかむ。そのとき、「どうしたんだ？」という声がきこえた。

振り返ると自転車にのった明がいた。明は自転車通学をしているのだ。

麗奈の顔色が変わる。麗奈は恥ずかしそうにうつむいた。

そのぎこちない動きをみて、私は麗奈が明を意識していることがわかった。

明が、「この外車……」とつぶやく。

「幸道さん、それじゃまた明日」

麗奈は私に手をふると、明の視線を避けるようにして車にのりこんだ。

私と明は麗奈の車がみえなくなってから歩きだした。私たちは途中から河川敷におりた。

初夏の風が気持ちいい。

明は自転車を押しながら、「一週間ほど前、長屋の前にあの外車が停まってたんだ」といった。

私は麗奈が明のあとをつけたのだと思った。そのとき、偶然、私をみかけたのだろう。

「私、きょ、京野さんは、明のことが、好きなんだと思う」

「は？　おれはまったく興味がない。ただ、それが本当なら、あの子はおれと同じ長屋に住んでる光り子に嫌がらせをするんじゃないか？」

私は沈黙した……。

明は背が高くてたくましい。勉強もスポーツも優秀だ。昔から明に好意をもつ女子はたくさんいた。

ただ、私は明を異性として意識したことがない。私たちは物心ついたときからきょうだいのように育てられた。

私にとって、明は、「家族」なのだ。

その後、私は麗奈のグループから無視されるようになった。麗奈には十人ほどのとりまきがいる。クラスの女子の半分が私を避けるようになったのだ。

ただ、麗奈は、理不尽な行いをしている自覚があるのか、私の悪口をいったり持ち物を隠すことはしなかった。

無視されるのはつらかった。だけど、私は、気持ちをしっかりもって、毎朝、学校に向かった。


一カ月が経った。

六月。午後十一時。私が布団に入ったとき、救急車のサイレンが近づいてきた。サイレンは長屋の前でとまった。

私は寝間着姿で一階におりて玄関の引き戸をあけた。父と母もやってきた。

ストレッチャーに乗せられた明のお母さんが救急車に運び込まれる。その顔が苦痛にゆがんでいる。明が、「母ちゃん！」と叫びながら救急車のリアステップに足をかける。

考えるより先に体が動いた。私は寝間着姿のまま明と一緒に救急車に乗り込んだ。

父がバックドアを閉めようとしている救急隊員に行き先を聞いている。

そのとき、視線を感じた。

3号が明の部屋の窓にひっつくようにして私たちをみつめていた……。


明は救急車のなかで、「さっき、母ちゃんが、『胸が、いたい。体が、おかしい』と訴えたんだ……。こんなこと、はじめてだ」といった。

明のお母さんの顔が土気色に変わっていく。

救急隊員はうわずった声で、「心臓に直接つながっている大動脈が破れているかもしれません」といった。

心臓に直接つながっている大動脈？

そんな大切な血管が破裂したら命に関わる。

私は怖くて体が震えだした……。

明のお母さんは救急病院に到着すると同時に手術室に入った。

明と私は家族控室で待機した。明はずっと両手で顔を覆っていた。

二十分後、私の父と母がやってきた。二人は自転車でかけつけてくれたのだ。

午前四時。手術が終わった。

明のお母さんは……。亡くなった。

病院の先生が明に声をかける。先生は、「やはり胸部大動脈瘤《りゅう》が破れていましたし……。お母さんは、ずいぶん前から体調が悪かったのではないでしょうか……。もう少し早く病院にきてくださっていれば……。江口さん。力になれなくて申し訳ありませんでした」といった。

私は、昔、明のお母さんがひどく疲れた顔をしていたことを思いだした。明のお母さんは体調が悪くても生活のために働き続けなければならなかったのだ。

明の両目から涙があふれでる。

私も口を押さえて嗚咽《おえつ》した……。

明のお母さんのお葬式は寂しいものだった。

参列者は私の家族と司だけだった。明にはお母さん以外に肉親がいなかったのだ。

明は唯一の保護者を失った。

このままでは大学を目指すどころか高校に通うことも難しい。


その日の夜。

父は、母と私に、「明くんと養子縁組をしたい」といった。

孤児だった父は誰よりも明の気持ちがわかっている。私の両親が保護者になれば明はこれまでと同じ生活ができる。

きっと明も喜んでくれるだろう。

しかし、明はこの提案を断った。

父と母が何度説得しても、「おれは、これ以上、おじさんとおばさんと光り子に迷惑をかけたくないんです……。おじさん。おばさん。お世話になりました……。おれは高校をやめて働きます」と答えた。

一カ月が経った。

七月。明は大阪市内の、「ほんまち」という日本料理店に就職することになった。

七月三日午後八時。私は明の部屋の片づけを手伝っている。

明は、「光り子。就職といっても下働きのようなものだ。ただ、『ほんまち』には寮がある。今のおれには衣食住の心配がないだけでもありがたい……。光り子はいつもおれを見守ってくれた。おれが前向きに生きることができたのは光り子のおかげだ……。これまで本当にありがとう」といって私の手を握った。

私は、明の体温を感じた瞬間、胸が熱くなった。

そして、このとき、初めて、明を異性として意識した。


十日後。七月十三日午前六時。

明は、長屋を出発して、「ほんまち」に向かった。私は、両親と3号、そして、新聞配達を終えてかけつけてくれた司と一緒に明を見送った。

明の姿がみえなくなったとき、司は、「幸道さん。ぼくは明を信じてる。明は強い。どんな困難も必ず乗り越えるよ」といった。

私は素直にうなずくことができなかった。
明は、「今のおれには衣食住の心配がないだけでもありがたい」といった。
本当にそんな状態から未来を切り開くことができるのだろうか？
私の一番古い記憶は、明と一緒に四歳の誕生パーティーをしているものだ。
私のそばにはいつも明がいた。
私は、貧しくても、両親と明の家族と笑顔で過ごせれば十分だった。
だけど、明のお母さんは亡くなった。
明は去っていった。
この世界はささやかな幸せさえも奪っていく。
3号を抱きしめる。3号は私の胸のリングにひたいをこすりつけた。
リング……。
このとき、私は、勇気をだして母にリングの意味を聞いてみようと思った。
三日後の夕方、私は母と内職をしている。3号は座布団の上で眠っている。
「お、お母ちゃん……」

「なに？」

「ひ、ひとつ、聞きたいことがあるの……。このペンダントの意味を教えて」

母が驚いた顔で私をみる。

沈黙が流れる……。

「光り子は、もう、高校生になったものね」

母は口を結んでうなずいた。

「……じつは、光り子には三つ違いの妹がいたの。名前は、『円《えん》』とかいて、『まどか』よ」

円《えん》？

私は胸もとのリングをみた。

このリングは、妹のことなのだ。

「円《まどか》は、半年しか生きることができなかった。私とお父さんは、円をずっと忘れないためにこのペンダントを作ったの」

私は首をかしげた。

「ど、どうして、リングなの？　普通、お仏壇を用意するでしょう？　そ、それに、何故、私に、円が亡くなったことを、隠していたの？」

そのとき、私は正田呉服店にいったときのことを思いだした。

遥さんは、「そのリングは何かの記念かな？」といったあと顔をこわばらせて私から視線をそらせた。


円の死には……。

私が関わっているのだ。


「お、お母ちゃん、ほ、本当のことを教えて……。ま、円が死んだのは、私のせい？」

「ばかなことをいわないで」

「で、でも、さっきの話は、不自然だと思う……。わ、私が、言葉につまるのは、何か、原因があるはずよ……。私は、大丈夫だから……。お、お母ちゃん、お願い……。本当のことを、教えて」

私は母をみつめ続けた……。

しばらくして母が立ち上がった。私に背中をむけてタンスへ向かう。そして、母は、引き出しをあけると数枚の写真をとりだした。

「光り子……。円の写真よ」

母から写真を受けとる。

私は初めて円をみた。

円は私の赤ちゃんのときにそっくりだった。

母が深呼吸する。

そして、少しずつ円のことを話し始めた……。


私は三歳のときには流ちょうにしゃべっていたという。円の面倒もよくみていた。

そのころから母は内職をしていた。

四月のあたたかな日。母が内職の手をとめてベビーベッドをみると、私がうつぶせになって眠っていた。私は円をあやしているうちにベッドに覆いかぶさってしまったのだ。

母は、「もう、しょうがないわね」といって私の体をおこした。

次の瞬間、母は悲鳴を上げた。

円の顔が赤黒くなっていたからだ。


このとき、すでに円は亡くなっていた。


円は、私の体に鼻と口をふさがれて窒息死したのだ。

それから、私は、二日間、呆然《ぼうぜん》としていたという。そして、やっと声をだしたとき、今のように途切れとぎれにしかしゃべれなくなっていた。

しかも、私は、円の記憶を失っていた……。

父と母は、魂が抜けたような私の姿をみて、円の死を心に秘めて生きていくことにした。

円のお骨は大阪市の四天王寺《してんのうじ》に納めた。四天王寺は仏教を広めた聖徳太子ゆかりの寺院だ。お仏壇はもたなかった。そのかわり、円にちなんで小さなリングのペンダントを首にかけることにした。

母は、「遥姉さんにだけは円が亡くなった経緯《いきさつ》を伝えた……。だけど、遥姉さんにも、円のお骨を四天王寺に納めたことやリングのことは話していない」といった。

私は途中から息をするのが苦しくなった。

私の一番古い記憶は、四歳の誕生パーティーをしているものだ。その前の記憶は一切ない。それは、私自身が本能的に三歳までの記憶を消したからなのだろう……。


その日の夜、私たちは夕食を終えた。

父は、「光り子にはいつか話さなければならないと思っていた……。円が命を失ったのは光り子のせいじゃない。不幸な偶然が重なったからだ……。わしは明日お仏壇をみにいってくる。これからはみんなでお仏壇に手を合わせて円を偲《しの》んでいこう」といった。

私は首を縦《たて》にふった。今、私ができるのは円を供養することだけだと思った。


一週間後。

長屋にお仏壇が届いた。お仏壇は想像していたよりずっと大きかった。

私と両親はペンダントをお仏壇の引き出しにしまった。母は備えつけの過去帳に円の名前を記した。私は円の写真を過去帳の前に置いた。

その後、私は、毎日、お仏壇に手を合わせて円の名前を読み上げた。そして、心のなかで、「本当に、ごめんなさい……。円。どうか、救われてください」と願い続けた。

時が流れていく。

一九九〇年七月。私が円の死の原因を知ってから一年が経った。

今日は高校二年生一学期の期末テスト最終日だ。

私は最後の試験を終えて廊下にでた。麗奈と今年入学した麗奈の妹が一緒に歩いている。麗奈と妹はよく似ている。

私は二年生になって麗奈とは別のクラスになった。麗奈のグループからのいじめは、明が高校を辞めたため短期間で終わった。

麗奈が大きな口をあけて笑っている。私は、そのはじけた笑顔をみて麗奈が別世界の人間に思えた……。

私は、この一年間、ほとんど笑っていない。明が長屋を去って円の死に自分が関わっていたことを知ってからずっと気持ちが沈んでいるのだ。

父は、「人間は生きればいきるほど苦しみや悲しみを経験する」といった。

本当にそうだろうか？

私の母は三姉妹の末っ子だ。長女の遥さんは、「正田呉服店」を継ぐことになっている。次女の香さんは、大手電機会社の創業者の長男と結婚して大阪市内の豪邸に住んでいるという。

麗奈や正田家の人たちが私の家族や明と同じ苦しみや悲しみを経験するとは思えない。

私は、「この世界には、一生、幸せに暮らす人間もいるのだ」と思った。

三十分後。「さつき文化」に到着した。

現在、明が借りていた部屋には二十代の夫婦が入居している。奥さんはお腹が大きい。もうすぐ赤ちゃんが生まれるのだろう。

私は自分の部屋に入ってお仏壇の前に座った。手を合わせて円の名前を読み上げる。

この一年間、私は一日も欠かさず円を偲んできた。

しばらくして顔を上げると目の前にはがきが差しだされた。

「今日、明くんから届いたの」

母が微笑む。

明の住所は大阪市中央区の、「ほんまち」の寮だった。はがきの裏面には丁寧な文字で、「お元気ですか？『ほんまち』で働き始めて一年が経ちました。下働きですが、何とかがんばっています。おじさん、おばさん、光り子、3号、ずっと元気でいてくださいね』と記されていた。

私は、「下働きですが、何とかがんばっています」という文章が気になった。明の言葉にしては弱々しく感じたのだ。

明は大阪でつらい日々を送っているのだろう……。

私は二階に上がった。机の引き出しから便箋をとりだして近況を記す。そして、封筒に手紙と先月撮った3号の写真を収めた。明日、この封書をポストに投函《とうかん》しよう。私は3号の写真が少しでも明の力になることを願った。

現在、日本は空前の好景気を迎えている。土地価格と株価は日々上昇している。街中には老若男女の笑顔があふれている。

だけど、私も明もその恩恵をまったく受けていない。

私は、世の中が明るくなればなるほど暗い気分になっていった。


半年が経った。

一九九一年を迎えた。

三月。いきなり土地価格と株価が暴落した。

そして、日本の景気は急速に悪化していった。

四月。私は高校三年生になった。

今年は勝負の年だ。これまで以上に勉強して、来年の大学入試センター試験に備えなければならない。

新クラスには麗奈もいた。麗奈は元気がなかった。私は土地価格の下落が、「京野不動産」の経営を圧迫しているのではないかと思った。

三カ月が過ぎた。

七月一日。麗奈は学校を休んだ。そして、一学期の終業式まで一度も登校しなかった……。

夏休みに入った。七月二十三日。明から一年ぶりにはがきが届いた。

私は首をかしげた。文面が去年と同じだったからだ。ただ、最後に、「3号の写真、大切にしています」と記されていた。

この二年間、明は、「ほんまち」で下働きをしている。もし明が裕福な家庭に生まれていたら一流大学に入って多くの夢を叶えただろう。だけど、明の最終学歴は中学卒業だ。日本の学歴社会のなかで明が活躍できる場所は限られている。

私は明のことが心配でたまらなかった……。

翌日。私は明に手紙を送った。受験勉強に励んでいることに加えて、「一度、尼崎に帰ってきて。3号も待ってるよ」と記した。

二日後。午後九時、明から電話があった。

明は公衆電話からかけているといった。そして、大学受験が近づいている私を励ましてくれた。

「あ、ありがとう。私のことより、明のほうは、どうなの？　仕事は、順調？」

「……順調とはいえない。この社会は孤児で学歴のない人間を簡単に認めてくれるところじゃない……。おれも、みんなに会いたい。だけど、それは今じゃない……。おれは、おじさんとおばさんと光り子に心配をかけたくないんだ」

「あ、明、しんどいときこそ、尼崎に、帰っておいでよ。明は、孤児じゃない。だって、私たちは……。家族でしょ」

明の不規則な息遣いが聞こえる。私は明が泣いているように感じた。

「……今の言葉は本当にうれしい。光り子。おれ、あきらめずに、がんばるよ」

明は少し元気がでたようだ。だけど、最後まで尼崎にくるとはいわなかった……。

それから二週間が過ぎた。

八月九日。私は朝刊を開いて驚いた。

「京野不動産」の倒産が報じられていたからだ……。


九月になった。

二学期の初日、麗奈は学校にこなかった。

クラスメートの一人が、「京野の家族が夜逃げした」といった。

麗奈の女王のようなふるまいを思いだす。

麗奈は一生裕福に暮らすのだと思っていた。

私は、麗奈の家族が転落していくことが信じられなかった。

一カ月が経った。

十月。大学受験が近づいてきた。私は睡眠時間を削って早朝勉強を始めた。そして、どれだけ疲れていても、毎日、夕食とデザートを作った。家事は気分転換になった。父と母が笑顔でデザートを食べてくれるのがうれしかった。

私は、二人の笑い顔からヒントを得て、「ほほえみ」というオリジナルスイーツを作った。

「ほほえみ」は二枚の丸いパンケーキを使う。まず、自作のパンケーキにホイップクリームをぬる。その上にこしあんをのせて、もう一度、ホイップクリームをぬる。最後に二枚目のパンケーキをかぶせる。このとき上下のパンケーキをカスタネットのように開くことで、正面からはホイップクリームが真っ白な歯、こしあんが口内にみえる。

このスイーツは素人《しろうと》の自由な発想で作った、「和洋折衷《せっちゅう》菓子」だ。

その後、私は、こしあんの量を増やして、「えがお」も作った。

一カ月が過ぎた。

十一月の平日の夕方、下校途中に河川敷に座っている司をみつけた。

私は土手におりて司に声をかけた。司は工業高校に通っている。司が鉛筆とノートをもっている。物語を創っていたのだろう。

「つ、司くん、ひさしぶり。学校のほうは、どう?」

司のとなりに腰かける。司はうつむいたまま、「あまりうまくいってない」と答えた。

「つ、司くんは、高校を、卒業したら、どうするの?」

「……働こうと思ってる。ただ、ぼくは成績がよくないんだ。機械のあつかいもうまくないから推薦での就職は難しい……。幸道さんは大学へいくの?」

「う、うん。私は、大阪の国立大学を、目指してるの。将来は、銀行に就職したい。私が求めてるのは、安定と保証なのよ……」

司と視線を合わせる。

「つ、司くんは、今、小説を、書いてたんでしょう?　無から有が創れるのは、すごいと思う……。司くん。私も、応援するから、思い切って、作家を目指してみたら?」

司が顔を上げる。

その日が、一瞬、輝いた。


二カ月が経った。

一九九二年になった。

日本経済の先行きは不透明だ。今年はさらに倒産が増えるといわれている。

一月十一日。ついに大学入試センター試験が始まった。

私が小学四年生のときから一日も休まずに勉強してきたのは、この試験を乗り越えるためだ。

私は自分の力を信じてテスト用紙にむかった。


三月。合格発表の日。

朝、私は尼崎駅から電車を乗り継いで第一志望の大阪の国立大学にやってきた。

目の前に合格番号を記した特設掲示板がある。私は自宅から通えるこの大学にどうしても入りたい。

合格番号を順番にみていく。

途中から息をするのが苦しくなった。

自分の受験番号が近づいてくる。

心臓の鼓動が大きくなる……。

「あった！」

私は、思わず声を上げた。

この日、私は明に、「第一志望の大阪の大学に合格しました」と記したはがきを送った。

次の日の夜。明から電話がかかってきた。私は子機をもって自分の部屋にいった。明は私を祝福してくれた。明と勉強した日々が蘇《よみがえ》る。そのとき、ふと、明は運命を呪《のろ》っていないのだろうかと思った。

明は私の気持ちを察したのか、「光り子。家族が大学に合格したことを喜ぶのは当たり前だ」といった。

「あ、明。私、これから、毎日、大阪へいく。ち、近いうちに、どこかで、会おうよ」

明が沈黙する……。

「光り子。『ほんまち』は大阪市中央区にある。客単価は驚くほど高い。それでも、毎日、多くのお客がきていた……。去年までは」

「え、去年まで？」

「ああ。今年に入ってから、『ほんまち』の来客数は十分の一になった……。お客が減った理由ははっきりしてる。料理やサービスが価格に見合っていなかったからだ。それは日本の経済が泡で実態を隠しながら成長してきたのと同じだ。今、泡でもうけていた企業はどんどん潰れてる……。『ほんまち』も、近い将来、なくなると思う」

私は息をのんだ。

「おれは、中学一年生のときに光り子を少しだけ手伝うつもりで台所に入った。すると、その日から料理の魅力にとりつかれた。自分が作ったおかずをおじさんとおばさんと光り子が喜んで食べてくれるのがうれしくてたまらなかった。おれは光り子のおかげで自分が本当に好きなことに出会えたんだ……。おれが、『ほんまち』に就職してもうすぐ三年になる。おれは、『ほんまち』の最盛期をみた。そして、今、転落する様子をみている……。結局、嘘はいつかばれるんだ……。おれは、これから本物を目指す。そして、何年かかっても、みんなが心から喜ぶ料理を作ってみせる」

明が大きく息を吸う音がきこえた。

「おれ、今月で、『ほんまち』を辞めるんだ」

「えっ……」

私は思わず受話器を握りしめた。

「あ、明、そのあと、どうするの？」

「『ほんまち』は利益率を上げるために質の悪い米を使っていた。おれは和食で一番大切なのは米だと思う。米のことを知るためには自分で作らなければならない……。光り子。おれは、北陸か東北で米作りをするつもりだ」

絶句した。

北陸や東北はあまりにも遠い。

明が手の届かないところにいってしまう。

私は、さびしくてたまらなかった……。


四月。大学が始まった。

このときすでに私は三年後の就職活動をみすえていた。

日本は不況の真っただ中にある。去年から今年にかけて多くの企業が倒産した。終身雇用制度も崩れ始めている。

私は、先の見通せない時代に安定が保証されている銀行員を目指すのは間違っていないと思った。


七月。今年も明からはがきが届いた。三年連続だ。

ただ、今回のはがきには明の住所が記されていなかった。

明は、「ほんまち」を辞めてどこにいってしまったのだろう……。

次の日の夕方、私は大学から尼崎に戻ってきた。

尼崎駅から徒歩で長屋へ向かう。交差点の信号が赤になった。そのとき、私の横に新聞配達の自転車が止まった。

「え、つ、司くん?」

司は私をみて驚いた顔をした。そして、自転車からおりると、「夕刊を配達した帰りなんだ」といった。

司が配っていたのは朝刊だけだったはずだ。

私はその場で司に近況を尋ねた。

司はよい就職先がみつからなかったそうだ。そのためアルバイトをしていた新聞販売所で働かせてもらっているという。

「幸道さん。今、ぼくは仕事以外のほとんどの時間を創作に費やしてるんだ。小説のコンクールにも応募してる……」

司の瞳《ひとみ》が強い光を放つ。

「将来のことを考えると不安でしょうがない。それでも、ぼくは自分の可能性を信じて努力しようと思う」

司が自分の意志をはっきり示したのは初めてだ。司は人生をかけて創作という才能の分野に挑戦している。

それは安定が保証されている銀行員を目指す私とは、正反対の選択だった。

半年が経った。

一九九三年一月。日本経済は低迷が続いている。不況の大波はついに私の家族にも襲い掛かってきた。母が内職の契約をしている物産会社が倒産したのだ。

三月。母は軽作業のアルバイトを始めた。明のお母さんが勤めていたところだ。母は、毎日、ホテルの清掃を終えてから作業所に向かった。

七月になった。明は毎年この時期に近況を記したはがきを送ってくれる。

私は一日に何度もポストをみにいった。

だけど、いくら待ってもはがきは届かなかった……。

八月の早朝、私はお仏壇の前で正座した。円の名前を読んで頭を下げる。私は、お仏壇を迎えてからの四年間、毎日、朝と夜に円を偲んでいる。

しばらくして顔を上げると、「光り子。ありがとう」という母の声がきこえた。

振り返る。

母は、透き通った眼差《まなざ》しで私をみつめていた……。


五カ月が経った。

一九九四年を迎えた。

依然として日本全体が重い雲に覆われている。倒産ドミノは勢いを増している。

父は、「不景気でも仕事があるのは幸せだ」といった。

四月。私は大学三回生になった。講義のスケジュールには余裕がある。私は両親の了解を得て家庭教師のアルバイトを始めた。私が担当したのは高校二年生の女子だった。

私は週に二度、大阪市の曾根崎新地《そねざきしんち》（通称・北新地《きたしんち》）のマンションに通った。高級繁華街の北新地には華やかな女性が行き交っていた。

八月。午後七時半。私が家庭教師のアルバイトを終えて北新地の本通りを歩いていると、「幸道さん！」と呼びかけられた。

驚いて振り返る。真っ赤な口紅に派手なメイク、そして、ロングドレスに身を包んだ若い女性が手をふっている。

私が首をかしげると、女性は、「麗奈よ。京野麗奈」といった。

私は、「えっ」と叫んでしまった。

目をこらす。たしかに麗奈だ。

麗奈に会うのは高校三年生の一学期以来三年ぶりだ。

「私、このビルのラウンジで働いてるの。幸道さんはどうして北新地にいるのよ」

「わ、私は、近くのマンションで、家庭教師の、アルバイトを、しているの」

「家庭教師？　そう……。あんたは大学生活を楽しんでるわけね。今、三回生でしょう。大学を卒業したらどうするつもり？」

私は、「ぎ、銀行の、採用試験を、受けようと思ってる」と答えた。

「へえ……」

麗奈が口を結んで私をみる。

「知ってると思うけど、私の家は三年前に破産したの……。本当にすべてを失ったわ……。今、私は、パパとママと妹と一緒に通天閣《つうてんかく》の近くのアパートで暮らしてる。私は十八歳から北新地で働いてる。今年で三年になる……。幸道さん、私たちのことをいい気味だと思ってるんでしょう？　だけど、私はこのままじゃ終わらない……。絶対に、もう一度、成功してみせるわ」

麗奈の目は血走っていた。

明、司、麗奈はそれぞれの道を歩んでいる。

私は大学に通いながら、毎日、スイーツを作った。

明が料理の魅力にとりつかれたように、私はお菓子を作っていれば幸せだった。最近はオリジナルスイーツの制作に力を入れている。そのなかでも、特に、「ほほえみ」と、「えがお」には思い入れがあった。

私はパンケーキの生地《きじ》だけではなくこしあんとホイップクリームも自分で作るようになった。そして、こしあんの量をさらに増やして、「おおわらい」を完成させた。


そうして五カ月が過ぎた。

一九九五年を迎えた。

私は今年大学四回生になる。単位はほぼ取得している。あとは卒業論文を提出するだけだ。

私は地元の尼崎で就職したい。私が働くようになれば家計に少し余裕ができる。

私は最初のお給料で両親に旅行をプレゼントすると決めている。そして、ひと月に一度は家族で外食しよう。

私は、明るい未来を想像して胸が弾んだ。


一月十七日。

午前五時半。

私は長屋の二階の部屋で起床した。

3号がとなりで寝息をたてている。3号の頭をなでて起き上がる。

今日は大阪で家庭教師のアルバイトがある。午前中に図書館へいって資料をそろえておこう。

午前五時四十分。

一階の電気がついた。母が起きたのだろう。

新しい一日が始まる。

今日も平穏でありますように……。

午前五時四十五分。

3号がふとんの上で体を伸ばす。そのしぐさは幸せそのものだ。

私は微笑んだ。

……次の瞬間。

ドギャッ！

ドオオオオオオオオオオオオ――――――――ッ！

爆発したような轟音《ごうおん》！

「きゃあああああ――――――っ！」

体が宙に浮いたと思ったら、畳に叩きつけられた。

地震だっ！

体が上下左右に吹きとばされる。

立つことができない。本や雑誌が全身に降り注ぐ。洋服ダンスが大きな音をたてて顔をかすめるように倒れてきた。

「死」という言葉が頭をよぎる。

私は悲鳴を上げながら転げまわった。

しばらくしてやっと震動がおさまった。

息をこらしてまわりをみる。部屋のなかがめちゃくちゃだ。

3号が目の前でうずくまっている。私は3号を抱いて階段に向かった。

父と母がうつぶせのまま二階を見上げている。

父は、「ひ、光り子、大丈夫か？」といった。

私はうなずいて3号と一緒に階段を下りた。

母が震えながらテレビをつける。

六時過ぎ。神戸市で、「震度六」を観測したという速報が流れた……。

その後、何度も大きな揺れがおこった。テレビに被災地の様子が映しだされる。

それは信じがたいものだった。

神戸は全国でも有数の美しい港湾都市だ。その街が壊滅している。私は阪神高速道路がなぎ倒されている映像をみて息がつまった。

三宮駅が映った。

私はテレビに顔を近づけて正田呉服店を探した。しかし、四階建てのビルはどこにも見当たらなかった……。

母が、「あぁぁ」とうめき声を上げる。

三分の二ほどが崩壊している建物がある。それは間違いなく正田呉服店だった。巨大地震は築五十年近くになるビルを一瞬にして叩きつぶしたのだ。

それから母は実家に何度も電話をかけた。しかし、まったく通じなかった。

私は、「お、お母ちゃん、神戸へいこう」といった。母はしぼり出すような声で、「無理だわ」と答えた。

今も激しい揺れが続いている。震源地に近づくのは不可能なのだ……。

午前七時。父は、「工場の様子をみてくる」といって自転車で、「山中金属工業」に向かった。

私は父を見送るために大通りにでた。街全体が騒然としている。救急車とパトカーが行き交っている。

そのとき、また大きな揺れがおこった。まわりで悲鳴が上がる。私は道路にうつぶせになった。そして、このまま世界が滅亡するのではないかと思った……。

その後、私が、「さつき文化」に戻ってくると、スーツ姿の男性たちがうつむきながら線路の上を歩いていた。

私はしばらくその様子をみていた。彼らは近くの工場をみにいくのではない。はるか先の大阪の会社へむかっているのだ。

ついさっき巨大地震がおこった。

阪神地域は機能不全に陥っている。

電車は止まっている。

道路のいたるところが陥没している。

家が倒壊した人もいるはずだ。

それでも人間は習い覚えた行動をとる……。

「幸道さん！」

振り返ると、司が手をふっていた。

私は司にかけよって、「つ、司くん。けがは、ない？」と尋ねた。

「うん。大家さんのいうとおり、『さつきアパート』は頑丈だった。ぼくも母さんもかすり傷一つ負ってない。幸道さんは？」

「わ、私たちも、大丈夫よ」

司は微笑みながらうなずいた。

私は思わず司に見入ってしまった。司の笑顔が徒歩で会社を目指す人たちの暗い表情とあまりにも対照的だったからだ。

「つ、司くん、物語のほうは、どう？」

「ぼくは、今も仕事以外のほとんどの時間を創作に費やしてる……。じつは、先月、長編小説のコンクールで入賞したんだ」

「す、すごい。司くん、おめでとう」

司は照れくさそうにうなずいた……。

日本は先進国だ。

治安は安定している。教育もいきとどいている。そして、多くの人は学校でよい成績をとれば未来がひらけると信じている。

しかし、学校で教えてくれるのは習い覚えることだけだ。独自の思考で行動する術《すべ》は学べない。

だから、社会人の多くは、電車が動かなくても、道路が陥没しても、さらに自分の家が倒壊しても、習い覚えた通り会社へ向かう。

昔、司は学校になじむことができなかった。

いつも一人で物語を創っていた。

だけど、学校では創作の授業が一つもなかった。司がどれだけ物語を創ってもテストの点数には結びつかなかったはずだ。

ただし、それは司の能力が劣っていたわけではない。

司は、今、一日の多くの時間を創作に費やしている。長編小説のコンクールにも入賞した。司のみている世界は一般の人とは違う。司は独自の思考と行動で新しい道を作ろうとしているのだ……。

　この世界はうつろい変わっていく。

　しかも、いつ何がおこるかわからない。

　今日、私は、そのことを目《ま》の当たりにした。

　巨大地震がおこってからまだ二時間しか経っていない。しかし、このわずかな時間で、私の価値観は大きく変わった。

　また地面が激しく揺れる。

　救急車のサイレンが鳴り響く。

　私はくちびるをかんだ。

　そして、これからは、かりそめの安定や保証を求めるのではなく、自分の力で未来を切り開いていこうと思った。

　午前十時。父が帰ってきた。

「工場で火災がおこってる。地震によるものだ。もう、工場はだめかもしれない……」

父はそれ以上何もいわなかった。

会社が大きなダメージを受けると、そのしわよせは父のような工場労働者にいく。

私は火災が一刻もはやく鎮火することを願った。

夜。テレビをみていると、暗闇のなかで神戸の街が燃え上がっている映像が流れた。

私は、地獄の炎だと思った。


翌朝。

地震の詳細な被害状況があきらかになった。それは想像をはるかに超える凄惨《せいさん》なものだった。

午前七時。電話が鳴った。受話器をとる。

明からだった。

「や、やっと、通じた……。昨日からずっとかけてたんだ。光り子、大丈夫か?」

「う、うん。みんな、元気にしてるよ。『さつき文化』は、頑丈だから」

明は息を吐いて、「よかった」といった。

「あ、あのね、司くんも、元気だよ」

「そうか。司にも電話してみるよ」

「あ、明は、今、どこにいるの？」

「……新潟なんだ。おれは小峰《こみね》さんという農家に居候《いそうろう》してる。光り子。小峰さんの電話番号を教えるから何かあれば連絡してくれ」

私は手帳に小峰さんの電話番号を記した。

十分後、また電話が鳴った。母が受話器をとる。

母は、「香姉さん」といった。

母と香さんは五分ほど話をしていた。

母が力尽きたように受話器を置く。

「昨日、瓦礫《がれき》のなかから両親と遥姉さんが助けだされた。父と母は重傷だった……。遥姉さんは……。亡くなった」

母は両手で顔を覆った……。

「私は、光り子ちゃんの味方だからね」

遥さんの優しい眼差しが蘇る。

次の瞬間、両目から涙があふれでた。


遥さんの葬儀の日。

私と父と母は自転車で神戸に向かった。尼崎市から神戸市までは二十キロほどだ。斎場には大阪から香さん夫婦がきていた。香さん夫婦は父と私を無視した。香さんの顔立ちには遥さんや母のようなやわらかさがない。気の強そうな眼差しは相手を威圧するものだった。

香さんは、母に、「正田呉服店の土地は処分するわ。そして、お父さんとお母さんのマンションを購入する。恵。マンションは私の大阪の家の近くでいいよね」といった。


月日が経っていく。

一月十七日午前五時四十六分に発生した、「兵庫県南部地震」による震災は、「阪神・淡路大震災」と命名された。

最大震度は、「七」に訂正された。

死者は六千人を超えた。

尼崎市も甚大な被害を受けた。ただ、「さつき文化」は外壁が少しはがれただけだった。基礎部分には問題がなかった。

点検にきた大家さんは、「幸道さん。あと二十年は、『さつき文化』に安心して住んでいただけると思います」といった。

私はあらためて頑丈な長屋に命を守られたのだと思った。

母は、お仏壇の過去帳に遥さんの名前を加えた。私は、円の写真の横に遥さんの写真を置いた。そして、毎日、お仏壇の前で手を合わせて円と遥さんの名前を読み上げた。

三月。「山中金属工業」の製造工場が閉鎖された。このとき、父は、二十八年間勤めた会社を解雇された。

一カ月が経った。

四月。父は警備員のアルバイトを始めた。

「山中金属工業」は終身雇用制度を敷いていた。ただし、この制度を維持するためには会社が利益を上げ続けなければならない。

日本の土地価格と株価は低迷している。

阪神地域は巨大地震によって大被害を受けた。関西経済の落ち込みは国力をさらに低下させるだろう。

私は、今年、大手銀行の採用試験を受けようと思っていた。銀行員には安定が保証されているからだ。

しかし、銀行員の恵まれた環境が、本当に、三十年先、四十年先まで続くだろうか？

私は、そうは思わなかった。

二 挑戦

五月。「阪神・淡路大震災」から四カ月が経った。阪神地域は少しずつ復興に向かっている。

平日の午後五時半。私は司のアパートを訪ねた。台所のテーブルには鉛筆と原稿用紙がおいてある。私は司の正面の椅子《いす》に座らせてもらった。

「つ、司くんは、今も、鉛筆で、原稿を、書いてるの?」

司は、「うん。手書きならいつでも物語を創ることができるから」と答えた。

司の小説は先月発表された新人創作コンクールでも入賞した。司は物語の世界の階段を着実に上っている。

私は台所のテーブルに、「ほほえみ」、「えがお」、「おおわらい」をおいた。

「司くん。このお菓子の、生地とこしあんは、私が作ったの。ホイップクリームは、生クリームを、自分で泡立てた。一つ、食べてみて」

司がうなずく。そして、一番小さな、「ほほえみ」を食べてくれた。

「……ごちそうさまでした。すごくおいしかった。こしあんとホイップクリームがこんなに合うなんて知らなかった。幸道さん。これは、和菓子? それとも洋菓子?」

「わ、和洋折衷よ。私が、おいしいと、思ったものを、組み合わせたの」

「このお菓子には独創性がある。食感が絶妙だし、笑い方が派手になっていくのもおもしろい」

「私は、じゅ、十年近く、毎日、食後のデザートを、作ってるの。私は、お菓子作りに、魅了されてるのよ」

私は真剣な眼差しで司をみた。

「わ、私、銀行員を目指すのを、やめようと思う……。私は、これから、いろいろな、アルバイトをして、お金をためる。そして、小さな店舗をかりて、『ほほえみ』を売りたい……。司くん、どう思う？」

司はしばらく沈黙した……。

「銀行員には安定が保証されてる。多くの人は幸道さんに銀行員になることをすすめるだろう。でも、ぼくには常識的な意見をいう資格がない……。じつは大震災の次の日に明から電話があったんだ。明は、『料理の魅力にとりつかれて新潟で米作りをしてる』といった……。幸道さん。ぼくたち三人は同じ世界をみてるのかもしれないね……。ぼくは幸道さんを応援する。自分の力で未来を切り開くのはすばらしいことだ」

司が微笑む。

「今、ぼくが創作の道を歩んでるのは、四年前、高校三年生のときに、幸道さんが、『司くん。私も応援するから思い切って作家を目指してみたら?』といってくれたからなんだ……。幸道さんにとっては何気ない言葉だったかもしれない。だけど、ぼくは大きな勇気をもらった……。幸道さん。これからは、ぼくと明と幸道さんの三人で、無から有を創っていこう」

私は、口を結んでうなずいた。

その日の夜、私は両親に自分の気持ちを伝えた。

驚くことに父と母は反対しなかった。

それどころか全面的に協力するといってくれた。

翌六月。

私は、司と一緒に朝刊の配達を始めた。司は遠方をまわった。私は自転車で近くを配った。次に、午前八時半から午後四時まではスイーツ店の調理場で働いた。時給は安かったけれど見聞きするすべてのことが勉強になった。さらに、夕方からは、毎日、家庭教師をした。家庭教師のアルバイトは大きな収入になった。

それから、卒業論文はおもに就寝前に執筆した。

私は、来年三月までの十カ月間で三百万円貯めることを目標にしている。毎月、三十万円ずつ貯金するわけだ。そして、大学卒業後、その資金をもとにして小さな店舗を借りる。

私は、目標を達成するために、毎日、四時間の睡眠で働き続けた。


一カ月が過ぎた。

七月。私は北新地のマンションで家庭教師のアルバイトをした帰りに麗奈に呼び止められた。

一年前、私はこの通りで麗奈と再会した。その後、麗奈は、毎月一度、私の帰る時間に表へでてくるのだ。

麗奈が名刺を差しだす。

表に、「麗《うら》ら」と記されている。

麗奈は、「幸道さん。私、来月、独立して自分の店をオープンするの。いっとくけどパトロンなんていないからね……。私は銀行員よりずっと稼いでやるわ」といった。

「きょ、京野さん。私、銀行の試験は、受けないの。私は、将来、お菓子のお店を、もちたいのよ」

「お菓子のお店？　あんた、暑さでおかしくなったんじゃないの？」

「そ、そうかもしれない。だけど、本気よ」

沈黙が流れる……。

麗奈は真剣な眼差しで、「四年前、『京野不動産』は倒産した……。私は、夜逃げしたとき、自分の心がつぶれていくのがはっきりわかった。そして、そのときの恐怖に何年も苦しめられた。毎日、またすべてを失うんじゃないかとおびえ続けた……。人間は弱い。トラウマは簡単に消えない……。幸道さん。わざわざ自分で未来を切り開く必要なんてない。悪いことはいわないから安定が保証されてる職業に就きなさいよ」といった。


半年が過ぎた。

一九九六年一月十七日。

「阪神・淡路大震災」から一年が経った。あの日、一瞬にして、何千もの人が亡くなった。生き残った者も心や体に深い傷を負った。

振り返ってみると、七年前、明はお母さんが急死したことで高校を辞めて働かざるをえなくなった。

五年前、麗奈は、「京野不動産」が倒産して家と財産を失った。

さらに、一年前、遥さんは巨大地震によって命を奪われた……。

今年、私はいよいよ社会にでる。

現在、二百十万円が手元にある。目標まであと九十万円だ。

店は小さなものでいい。ただし人通りのあるところでなければならない。

尼崎市の人口は四十万を超える。多くの人が通勤や通学に鉄道を利用する。私は尼崎駅前の表通りに面している物件を探した。しかし、立地条件のよい店舗の家賃は一カ月に二十万円ほどした。店舗の改装には最低百万円が必要だ。毎月仕入れにも大きなお金がいる。アルバイトも雇わなければならない。

二十万円の家賃を払っていると、赤字が続いた場合、店は半年ほどしかもたないだろう。

三月。私は無事大学を卒業した。そして、退路を断って尼崎駅前の表通りに面した店舗を借りた。

居抜き物件だったので改装費用はそれほどかからなかった。また、経費削減のためにアルバイトは雇わなかった。仕入れからお菓子作り、さらに販売までを一人でおこなうのだ。

私は言葉につまる。そのため、これまで接客業を避けてきた。しかし、そんなことはいっていられなかった。

店の名前は、「和洋せっちゅう　ほほえみ」にした。

「ほほえみ」「えがお」「おおわらい」と飲み物を店頭販売する。店舗内にはイートインスペースもあった。しかし、さすがに一人ではそのサービスを提供することができなかった。

四月一日。午前七時。ついに、「和洋せっちゅう　ほほえみ」がスタートした。

私は店の前に、「ほほえみ」を描いたのぼりを二本立てた。

開店時間は午前七時から午後七時半までの十二時間半だ。通勤通学の人たちに購入してもらうためにはこの長い営業時間が必要だった。

十分後。大きなボストンバッグをもった学生服姿の男子がやってきた。春休みのクラブ活動へいくのだろう。男子は目をこすりながら、「寝坊して何も食べてないんです。一番大きなものをくださいい」といった。

「『おおわらい』、ですね」

男子は笑いながらうなずいた。

この日、「ほほえみ」「えがお」「おおわらい」は合計九十八個売れた。ただ百個ほどの売り上げで喜ぶわけにはいかない。この数では店を維持するだけで精一杯だ。本当は、今日の二倍、いや、三倍は売らなければならない。

それでも私は集計を終えたとき大きな達成感があった。無から有を創るすばらしさを感じた。

午後九時半。私は長屋でご飯を食べている。

母は笑顔で、「私とお父さんは、光り子が愛情をこめて作るお菓子は本物だと信じてるわ」といってくれた。

このとき、私は、明が、「おれは、これから本物を目指す」といった言葉を思いだした。

私が食後のデザートを作り始めてから十年が経つ。

私の作っているのは素人菓子だ。だけど嘘やごまかしは一切ない。

「ほほえみ」「えがお」「おおわらい」は私の純粋な努力の結晶なのだ。


一カ月が経った。

「和洋せっちゅう　ほほえみ」は四月の売り上げで黒字をだした。ただ、これにはちょっとしたからくりがある。私は、一カ月間、一日も休まなかった。もし、日曜日の四日間を休んでいたら赤字だったのだ。

五月の中旬。午後九時半。私は自分の部屋から新潟に電話をかけた。ワンコール目で、「はい、小峰です」という応答があった。年配の男性の声だ。私が遅い時間に電話したことを謝ると、小峰さんは、「私たちはいつも午後十一時ごろまで起きていますから気にしないでください。すぐに明くんをよんできますね」といってくれた。

そのあと私は一年四カ月ぶりに明と会話をした。私は明に、「和洋せっちゅう　ほほえみ」を開店したことを伝えた。明は驚いた。そして、何度も励ましてくれた。

「光り子が作るデザートはおいしかった。成功する可能性は十分ある……。おれが新潟にきて四年になる。おれは、農作業をしたあと、毎晩、地元の大衆食堂で働いてる。農作業がないときは朝から日雇いの仕事をしてる。ほとんど現金を使わないので貯金も増えてきた……。小峰さんにも伝えてるんだけど、おれは二年後を目安に光り子と同じ方法で自分の店をもとうと思ってるんだ」

「ほ、本当？　明は、どこで、お店をするの？」

「できれば大阪の中心がいい……。おれは、『おにぎりの専門店』を開くつもりだ」

「お、おにぎり？」

「ああ。おれの目標はみんなが喜ぶ食べ物を提供することだ。おれはいろいろな料理を作ってきた。その経験から複雑な料理は人を選ぶことを知った。逆におにぎりのようなシンプルな食べ物は人を選ばない。米は小峰さんのものを使う。小峰さんの米はほのかに甘い。おれは自分の店をもつことができたら、『塩にぎり』を基本にして、二十種類ほどのトッピングを用意しようと思う」

明は十三歳のときに夕食を作り始めた。その後、十六歳からは大阪の、「ほんまち」で、十九歳から二十三歳までは新潟の大衆食堂で働いている。明は、十年もの間、料理を作ってきたのだ。

おにぎりは日本のソウルフードだ。明がおいしいおにぎりを提供すれば多くの人が喜んでくれるだろう。

「あ、明、お店が決まったら、教えて……。私は、毎朝四時半に、起きてるの。早い時間に、電話してくれても、いいからね」

「わかった……。おれの母ちゃんが亡くなってから七年が経った。つらいことのほうが多かった。それでもおれがあきらめなかったのは、いつか光り子とおじさんとおばさんに良い報告をしたかったからだ……。自分の店をもつことができたら真っ先に光り子に連絡するよ」

翌朝。私は両親に明との会話を伝えた。

父は、「そうか。明くん、二年後に戻ってくるかもしれないんだな」といって微笑んだ。

母は、真剣な眼差しで、「光り子……。よかったね」といってくれた。

五月が過ぎて六月に入った。

六月の第一日曜日。私は、「さつき文化」の自分の部屋で悲鳴を上げた。

目覚まし時計の針が午前八時十分をさしていたからだ。

「わっ！　お、お母ちゃん、お父ちゃん、どうして、起こしてくれなかったのよ！」

返事がない。家のなかが静まり返っている。今日、両親は仕事が休みのはずなのに

……。

とにかくはやく店へ行かなければならない。私は這《は》うようにして階段に向かった。

午前八時三十分。私は息を切らして尼崎駅前に到着した。すると、「和洋せっちゅう

ほほえみ」の前にのぼりが二本立っていた。

母がお客に、「ほほえみ」を手渡している。

私はあわてて店内に入った。母は笑いながら、「光り子、はやかったわね。朝食、ま

だでしょう？　これ食べて」といった。

「ほほえみ」を受けとって口にいれる。

……おいしかった。

「今まで黙っていたけど、私は光り子と同じ味の、『ほほえみ』を作ることができるの。これまでたくさん、『ほほえみ』を食べてきたからね。光り子。日曜日は、私とお父さんがお店にでるから少し休みなさい。体を壊したら元も子もないわ」

調理場をみると父が、「ほほえみ」をプリントしたエプロンをつけて洗い物をしていた。

私はほっとすると同時に全身の力が抜けた。

その後、日曜日と祝日は父と母が手伝ってくれるようになった。私は午後から店にでて両親と交代した。


そうして半年が経った。

十二月の平日。午前十時半。「和洋せっちゅう　ほほえみ」の前には四、五人のお客が並んでいる。

順番待ちをしている若いサラリーマンが、「あ、ヘラヘラだ！」と声を上げた。

駅前に人だかりができている。その中心にテレビカメラと、ピン芸人の、「一生ヘラヘラ」がいた。

ヘラヘラは体の線が細くて優しい顔立ちをしている。物腰もやわらかい。その中性的な個性をいかして男性はもちろん女性も演じて笑いをとっている。

ヘラヘラと視線が合う。ヘラヘラはにっこり笑った。その後、テレビクルーが私の店にやってきた。

ヘラヘラは私にむかって、「子どものときにヘラヘラしていたら見ず知らずのおばちゃんから、『一生、ヘラヘラしとけ！』といわれてこの名前になりました。はじめまして、一生ヘラヘラ、二十七歳です」といった。

まわりで笑いがおこる。

「今、『街角ヘラヘラ』の生放送をしているんです。少しお話をうかがってもいいですか？」

私はうなずいた。というより断る術《すべ》がなかった。

目の前でみるヘラヘラは想像以上にスリムだった。骨格が女性のようだ。それから、ヘラヘラはいつも両手首に真っ赤なサポーターをつけている。赤いリストバンドはヘラヘラのトレードマークなのだ。

ヘラヘラがA4サイズのメニューを手にとってカメラにかざす。

「私は、尼崎駅前の、『和洋せっちゅう　ほほえみ』というお店にきています。食べ物は、『ほほえみ』『えがお』『おおわらい』……」

ヘラヘラがメニューを裏返す。私はあわてて、「そ、その三つだけ、なんです」といった。

「少数精鋭というわけですね。初対面でこんなことをお願いしてはいけないのですが……。一つ、いただけませんか?」

ヘラヘラはだれに対しても丁寧語を使う。私は笑いながら、「ほほえみ」を手渡した。

「テレビの前の皆さん、みてください。このお菓子は正面からみると微笑んでいるようにみえます。だから、『ほほえみ』なんです。もっと口がひらけば、『えがお』、さらに大口をあければ、『おおわらい』になります」

ヘラヘラはメニューをみただけでお菓子の特徴を把握した。私はヘラヘラの頭の回転の速さに驚いた。そして、ヘラヘラは聡明だからこそ、男性だけではなく女性も、自然に、生きいきと演じることができるのだと思った。

ヘラヘラが、「ほほえみ」を一口食べる。

「あ、おいしいです。こしあんとホイップクリームで、『和洋せっちゅう』というわけですね。これは新しい味だと思います……。皆さん、尼崎にきたときは、ぜひ、『ほほえみ』を味わってください。ただ、残念なのは笑いの数が一つ足りないことです。笑いには、『ほほえみ』と、『えがお』と、『おおわらい』、そして、『ヘラヘラわらい』があります。また寄せていただきますので、そのときには、『ヘラヘラわらい』をメニューに加えておいてくださいね。それでは、私、『ほほえみ』をいただきます。コマーシャルどうぞ！」

ヘラヘラは、「ほほえみ」を完食してくれた。ヘラヘラが私にむかって頭を下げる。

「ごちそうさまでした。お時間をとっていただいて申し訳ありませんでした……。あの、お名前をうかがってもいいですか？」

「ひ、光り子です。姓は、し、幸せの道とかいて、こうどうです」

「え、幸せ、の、道？」

ヘラヘラは、一瞬、驚いた顔をしたあと、優しい眼差しで私をみつめた……。

この日をさかいに、「和洋せっちゅう　ほほえみ」の売り上げは大きく伸びた。大阪や神戸からもお客がくるようになった。

私はアルバイトを二人雇った。

イートインスペースも開放した。

それから、司は夕刊の配達を終えたあと一時間ほど店を手伝ってくれるようになった。


一カ月が経った。

一九九七年を迎えた。

私は元日も店を開いた。「和洋せっちゅう　ほほえみ」は年中無休なのだ。

一月三日の夕方。司は私のとなりでこしあんを作りながら、「幸道さん、商売は立ち止まってはいけないと思う。次の展開も考えておいたほうがいいよ」といった。

「和洋せっちゅう　ほほえみ」はこれ以上ないスタートを切ることができた。しかし、油断するとあっという間に失速する。

商売には安定も保証もない。

私はこの道を選んだ限り前へ進み続けなければならないのだ。

二　挑　戦

一カ月が過ぎた。

二月。「さつき文化」のとなりの部屋の若夫婦が一軒家に引っ越した。長女は四月から小学生になる。若夫婦は長女の入学に合わせて新しい環境を求めたのだ。

さらにひと月が経った。

三月の平日。午後五時過ぎ。夕刊の配達を終えた司が店にきてくれた。司は、「ほほえみ」をプリントしたエプロンをつけて表の掃除を始めた。

そのとき、真っ赤な外国製のスポーツカーが店の前に止まった。ドアが開いて和服姿の若い女性がおりてくる。

司が、「ここは人通りが多いから車を止めたら危ないよ」と注意する。すると若い女性は、「うるさい！　黙っとけ！」と怒鳴った。

司がふるえながら一歩下がる。

「きょ、京野さん？」

麗奈は私をみて表情をやわらげた。

「幸道さん、元気そうね。私、テレビや雑誌で、『ほほえみ』のことが紹介されてたからきてみたの……。それにしても、小汚い店ね」

「そんなこといったらだめだよ」

司が抗議する。ただ、司はさらに一歩下がっていた。その気持ちはわかる。外国製のスポーツカーから和服姿でおりてきて暴言を吐く女性などみたことがない。私も知り合いでなければ怖くて仕方がなかっただろう。

私は、麗奈に、「こ、これでも、精一杯なのよ。京野さん、仕事は順調？」と尋ねてみた。

「今の私をみて貧乏人にみえる？　私はこのあいだ家族のために大阪市内の建売住宅を購入したの。ローンだけど五年で完済してみせるわ……。幸道さん、一度、『麗ら』においでよ。まけてあげるから」

「あ、ありがとう……。京野さん、ご家族に、『ほほえみ』を、持って帰って。五つ、入れておくからね」

私は紙袋に、「ほほえみ」を入れて麗奈に渡した。

麗奈が帯から財布をとりだす。

「い、いいよ。わざわざ、きてくれたんだから」

「あのね、私はあんたから一円の借りもつくりたくないの。二千円で足りるでしょう?」

うなずいて麗奈におつりを渡す。麗奈は小銭を財布に収めると同時に司をにらんだ。

「コラ、そこの手伝い! 私が安全にでられるように道路をみとけ!」

司が直立不動でうなずく。

麗奈の車は司の案内に従って走り去っていった……。

五分後。

司は掃除を終えて戻ってくると、私のとなりでパンケーキの生地を作り始めた。

「つ、司くん、さっきは、ごめんね。京野麗奈さんは、私の高校の、同級生なのよ」

私は司に麗奈との関係を話した。

「そうだったんだ。ぼくはいきなり怒鳴られてびっくりした。動揺して最後はいいなりになってしまった……。幸道さん。京野さんは実家の不動産会社の倒産と夜逃げというつらい経験をしたわけだから虚勢をはるのはしょうがないよ。案外、本質はピュアで優しい女性かもしれないね」

ピュア？　私はうなずくことができなかった。何故なら、麗奈に素直さや清らかさを感じたことなど一度もなかったからだ。

それから麗奈は一カ月に一度、「和洋せっちゅう　ほほえみ」にくるようになった。

六月の平日。午後五時半。麗奈はまた真っ赤なスポーツカーを店の前に止めた。

「情けないことにママと妹がこの安っぽいお菓子を気に入ったのよ。人間って一度でも貧乏を経験したらだめね……。というわけで、今日は、『おおわらい』を十個にするわ」

麗奈は必ず皮肉をいう。これも負けん気のあらわれだろう。

この時間は夕刊の配達を終えた司が店にいる。そのため麗奈と司はいつも顔を合わせた。

「幸道さん、あの手伝いって彼氏なの？」

「ち、ちがうよ。司くんは、幼馴染《おさななじみ》で、私が商売の道にふみだす、きっかけをつくってくれたの。つ、司くんは、小説家を目指していて、創作コンクールに、何度も、入賞している わ」

「へえ……。サラリーマンじゃないと思ってたけど、作家志望とはね」

「あ、あのね、司くんが、京野さんのことを、『本質は、ピュアで、優しい女性かも、しれないね』と、いってたよ」

麗奈が恥ずかしそうにうつむく。

昔、明にみせた表情と同じだ。

このとき、私は、麗奈が、毎月、尼崎にくる理由がわかった。

麗奈は司に魅《ひ》かれているのだ。

私は今でも幼馴染の延長で司をみている。だけど、私たちは二十四歳だ。司は女性のようなきれいな顔立ちと才能の分野に挑戦している人間特有の知性的な眼差しをしている。司に魅力を感じる女性は多いかもしれない。

ただ、麗奈と司は人間性が正反対だ。

欲望の権化《ごんげ》のような麗奈が、控え目で真面目な司に興味をもつとは思わなかった。

そのとき、両親の笑顔が頭に浮かんだ。

母と父は生まれ育った環境や学歴が違う。

それでも、今、二人は幸せに暮らしている。

私は、女性と男性の関係は、いつ何がおこるかわからないこの世界の象徴なのだと思った。

一週間後。

司はついに大手出版社の長編小説コンクールで大賞をとった。そして、その作品は商業出版されることが決定した。

司は、「幸道さん。商業出版が決まったからといって人生が変わるわけじゃない。ただ、今回、出版社の人が、『自信作があったら読みますよ』といってくれた。ぼくはその言葉を励みに、一日いちにち、努力していこうと思う」といった。

司の謙虚さは出版が決まっても全然変わらない。

私は、あらためて司の人柄に好感をもった。そして、心をこめて、「司くん、おめでとう。本当に、ほんとうに、よかったね」といった。

三カ月が経った。

九月。司の小説が店頭に並んだ。

私は尼崎駅のブックストアで発売日に購入した。何といっても幼馴染の司のデビュー作品なのだ。睡眠時間を削ってでもしっかり読まなければならない。

その日の午後四時。尼崎駅から真っ白なストローハット（女性用の麦わら帽子）とワンピース姿の女性が近づいてきた。

「清純」を絵に描いたような女性は、「和洋せっちゅう ほほえみ」にやってきた。

私は、「きょ、京野さん、暑さで、とうとう、おかしくなったの？」といった。

「失礼なことというなっ。今の私の心をあらわしたらこのファッションになったのよ」

麗奈は私をにらみながらイートインスペースに入って丸椅子に腰かけた。この時間は比較的お客が少ない。私は店頭販売をアルバイトにまかせて麗奈のところにいった。

「は、はい、『おおわらい』二つと、オレンジジュース」

「あんたのところのお菓子はデカくてカロリーが高いのよ。こんなものを二つも食べさせるなんて犯罪だと思うわ……。私の妹は、『麗ら』を手伝ってくれてる。だけど、あんたの安っぽいお菓子を食べて太ったからドレスをつくりなおすことになった。あんた、私に賠償金を払いなさいよ」

麗奈は文句をいいながらあっという間に、「おおわらい」二個を完食した。

「幸道さん。私、今日は早かったから尼崎駅の駐車場に車をとめてきたの」

「つ、司くんを、待つわけね」

「は？　バカじゃないの。どうして私があの手伝いを待たなきゃいけないのよ」

麗奈が口をゆがめてオレンジジュースを飲みほす。

「そうだ。幸道さんにいいことを教えてあげるわ。人間って年齢や立場で好きなタイプが変わるの。女性の場合は、十代、二十代、学生のとき、就職したとき、貧乏なとき、お金持ちのときで男性に求めるものが変化するわけ」

私は首をかしげた。

「きょ、京野さん、どうして、いきなり、そんな話をするのよ」

麗奈が遠くをみつめる。

「私は物心《ものごころ》ついたときからめちゃくちゃもてた。もちろん、北新地でも大人気よ。だけど、私が働きだしてから出会った男はどいつもこいつも地位や名誉や財産を自慢する俗物だった……。幸道さんのところの手伝いは、『京野さんって本質はピュアで優しい女性かもしれないね』といったでしょ？　まあ……。その通りよ。ただ、私にふさわしい男性はなかなかいない……」

麗奈は高校三年生のときに実家の不動産会社が倒産して夜逃げした。その後、六年間、家族を支えるために北新地で働いている。麗奈はそこで男性のいやな部分をたくさんみたのだろう。だけど、二十四歳の今は、「麗ら」という自分の店をもって豊かに暮らしている。

麗奈は生活が落ち着いたときに、きれいな顔立ちと創作という純粋な世界にチャレンジしている司に出会って興味をもったのだ。

午後五時半。司がやってきた。私はデビュー作品にサインをお願いした。司は照れながら丁寧に名前を書いてくれた。

司がエプロンをつけてほうきをもつ。

「つ、司くん、京野さんが、きてるよ」

「え？　表に真っ赤なスポーツカーはなかったけど……」

司の視線がイートインスペースにうつる。

麗奈が両手を膝《ひざ》において丁寧に頭をさげる。

司は、「ひっ」と声を上げた。

「そ、掃除はいいから、京野さんのところに、いってあげて」

私は司の背中を押した。そのとき、麗奈がバッグから司のデビュー作品をとりだすのがみえた……。

三十分後。麗奈は帰っていった。

司は店先の掃除をしたあと、私のとなりで生クリームを泡立て始めた。

「つ、司くん、ごめんね。いやな思い、しなかった？」

「ううん、全然。ぼくは、最初、幸道さんから京野さんの半生をきいて、彼女は虚勢をはってるだけじゃないかと思った。だけど、何度か会ううちに京野さんの天真爛漫《てんしんらんまん》さは本物だとわかった。今日は、服装、態度、しゃべり方、すべてが少女マンガのお嬢様みたいだった。何度吹きだしそうになったかわからない……。結論として、彼女は、そのときどき、自分の気持ちに、正直に、そして、全力で生きてるんだと思う」

私はうなずきながら、ふと、麗奈は、「運命の男性《ひと》」に出会ったらものすごく尽くすのではないかと思った。

「京野さんは今朝発売されたぼくの小説をすでに読んでくれていた。ぼくは純粋にうれしかった……。それから、たしか、京野さんは家族のために一軒家を購入したんだよね。本当に立派だと思う」

麗奈は高校を辞めてから家族のために働き続けた。そして、「麗ら」をオープンして建売住宅を購入した。それはだれにでもできることではない。

私は、麗奈から学ばなければならないこともあるのだと思った。


一カ月後。

十月の夕方、司が微笑みながら、「和洋せっちゅう　ほほえみ」にやってきた。

「つ、司くん、何か、いいことがあったの？」

司はうなずいて、「デビュー作品の増刷と次の出版が決まったんだ」と答えた。

「す、すごい。おめでとう」

「ありがとう。ぼくが創ってるのは文学じゃない。『大衆物語』なんだ。多くの読者に楽しんでもらうのが目的だから増刷と次の出版が決まったことは素直にうれしい」

そういえば、司は、あとがきに、「私は、市井《しせい》の人びと（一般市民）の日常生活を描いています」と記していた。

司のデビュー作品には難しい言葉が使われていなかった。起承転結があってわかりやすかった。劇的場面もたくさんあった。それらすべては多くの読者に楽しんでもらうためだったのだ。

司は、「幸道さん。ぼくの夢は長編小説を十作以上出すことなんだ。そして、十作目は尼崎を舞台にした作品を創りたい」といった。

私は司の夢をきいて、あらためて自分の目標について考えてみた。

私は親孝行をしたい。麗奈のように両親に一軒家をプレゼントしたい。商売のほうでは、いつか、「ほほえみ」を全国の人に届けたい。

私は、なかなか、「和洋せっちゅう　ほほえみ」の二店舗目に踏みだせないでいる。商売には先行投資が必要だ。失敗すれば大きなダメージを受ける。それが怖いのだ。

ただ、リスクを避けて何もしなければ必ず衰退していく。

私は覚悟を決めた。そして、一年以内に新店舗を開くことを心に誓った。


一カ月が経った。

十一月。午後九時半。私は店を閉めて長屋に帰ってきた。

今日もとなりの部屋は真っ暗だ。若夫婦が引っ越してから九カ月が経つ。「さつき文化」は尼崎駅に近くて家賃が安い。そのため、これまでは部屋が空くとすぐに次の借り手があらわれた。

私は首をかしげながら自分の部屋に入った。

荷物を置いてお仏壇に手を合わせる。そのとき、電話が鳴った。母が受話器をとる。

母は、「香姉さん」といった。

母と香さんは十分ほど話をしていた。

母が電話を切る。

「お、お母ちゃん、何の話だったの？」

「香姉さんはすでに、『阪神・淡路大震災』で倒壊した実家の土地を売っていた……。そして、父と母は香姉さんの大阪の家にいるといったわ」

「え、神戸の土地を処分して、ご両親のマンションを、購入するんじゃ、なかったの？」

「香姉さんは気が強かった。向上心が高かった。私は香姉さんが大阪の大手電機会社の創業者の長男と結婚したとき彼女らしい選択だと思った……。旦那さんの電機会社は赤字が続いているらしい。香姉さんは旦那さんの要請で実家の土地を売ったといった……」

私は、香さんの夫は神戸の土地を処分して得たお金を自分のものにしたのだと思った。

「香姉さんは疲れ切っていた。最後に、『会社が倒産するかもしれない』と呟《つぶや》いたわ」

息をのむ。

私のまわりで挫折を経験していないのは香さんだけだった。その香さんまでが危機的状況に陥っている。

人生には浮き沈みがある。麗奈の家族や香さんの夫は商売で成功した。しかし、繁栄は続かなかった。

私も、今、商売をしている。

「和洋せっちゅう　ほほえみ」はこれまで順調に売り上げを伸ばしてきた。だけど、一つ歯車が狂えばあっという間に赤字に転落する。

私は口を結んだ。そして、明日からは、より気を引き締めて仕事に励もうと思った。


二カ月が経った。

一九九八年。一月十七日。「阪神・淡路大震災」から三年が経った。

今年、私は二十五歳になる。この三年間で私の意識は大きく変わった。私は巨大地震をきっかけにして自分の力で未来を切り開く道を選んだ。

「和洋せっちゅう　ほほえみ」は開店から一年九カ月が過ぎた。

私は、今年、「和洋せっちゅう　ほほえみ」の二号店を大阪の難波《なんば》にオープンする。

大阪は西日本最大の都市だ。特にキタとよばれる梅田からミナミとよばれる難波までは毎日多くの人でにぎわっている。

「和洋せっちゅう　ほほえみ」に開店初日から人がきてくれたのは尼崎駅前を選んだからだ。店頭販売の場合、人通りと売り上げはある程度比例する。

難波の家賃はとても高い。それでもチャレンジする価値は十分あった。

その日の夜。私は明が居候している新潟の小峰さんに電話をかけた。

明が新潟にいって六年になる。今年、明は大阪で、「おにぎり専門店」を開くはずだ。

小峰さんに名前を告げる。小峰さんは、「明くんは、今、近くの食堂で働いています。帰ってきたら幸道さんからお電話があったことを伝えておきますね」と答えてくれた。

翌朝。

五時に電話が鳴った。私が二階の部屋で子機をとると、「朝早くにごめん」という明の声が聞こえた。

明は携帯電話からかけているといった。

「あ、明、今年、大阪に、帰ってくるの？」

私は電話料金を心配して単刀直入に尋ねた。

「そのつもりだけど……」

「あ、あのね、私、難波で、二店舗目を、開くことにしたの」

「……難波のどのあたりだ？」

「駅前よ。や、家賃は、びっくりするほど高い。半年、赤字が続けば、撤退しなければならない。だけど、商売は、戦いだから……」

「おれ、光り子から、『商売は戦いだ』という言葉をきくとは思わなかった……。光り子はたくましいな……。おれも難波の家賃を調べたことがある。おれの貯金では表通りに店舗を借りるのは不可能だ。かといって、誰も歩いていないところに店をだしても失敗するのは目にみえてる……」

私は、大きく息を吸った。

「あ、明、一緒に、お店をしようよ。家賃は、私がだす……。遠慮しないで……。だって、私たち、家族でしょ」

沈黙が流れる……。

しばらくして、明は、「ありがとう」といった。

目の前がパッと明るくなる。

この瞬間、私は明と心がつながった気がした。

その後、私と明は、四月から、難波の中心地で、「和洋せっちゅう　ほほえみ」の二号店と、「おにぎり専門店」を開くことを約束した。

三　希望

翌日。夕方。私は、「和洋せっちゅう　ほほえみ」で働いている。

イートインスペースには麗奈がいる。私は麗奈に、「おおわらい」二個とジュースをもっていった。

真っ白なロングコートに身を包んだ麗奈が、「おおわらい」を手にとる。麗奈は去年の九月からずっと白系統の洋服をきている。司に清純さをアピールしているのだ。

麗奈はあっというまに、「おおわらい」二個を完食した。

「きょ、京野さん、もう一つ、食べる？」

「アホか、これ以上食べたら死んでしまうわ。ん？　あんた、さっきからずっと笑ってるな。寒さでとうとうおかしくなったのか？」

「い、いつもと、同じよ」

「いや、あきらかにちがう……。もしかして、恋をしてるんじゃないの？」

私は恥ずかしくなってうつむいた……。

「やっぱり……。でも、あんた程度の魅力じゃ男を振り向かせるのは難しい……」

麗奈が大きく息を吐く。

「しょうがないわね。私が二人のあいだに入ってあげる。幸道さん。その話、一からきかせなさいよ」

　麗奈の目が輝いている。

　あやしい。

　私はこの人間にだけは明のことを伝えてはいけないと思った。

　午後五時過ぎ、司がやってきた。

　来月、司の二作目の小説が出版される。デビュー作品はすでに五刷になっている。また、司は創作の仕事が忙しくなったため、再来月の三月で新聞販売所の職員を辞める。ただ、司は、「生活のリズムになってるから朝刊と夕刊の配達はアルバイト待遇で続けるんだ」といっていた。

　昔、私が朝刊の配達を手伝っていたとき、自動車が猛スピードでそばを通り過ぎたことがある。あと十センチ自動車が左によっていたら私は撥《は》ね飛ばされていた。

　早朝の新聞配達は危険ととなり合わせだ。私は司が安全に配達を続けてくれることを願った。

　司がエプロンをつけて表の掃除にいく。麗奈は司と一緒に掃除をした。

　三十分後、麗奈が帰っていった。司は、私のとなりでこしあんを作り始めた。

「幸道さん……。明、帰ってくるの？」

「え、ど、どうして？」

「掃除をしてたら、京野さんが、『幸道さんが叶わない恋をしてるのよ』といって泣きまねをしたんだ。今日、幸道さんはずっと笑ってるし、明が戻ってくるのかなと思った」

「う、うん。私、明と一緒に、四月から、難波で、新しいお店を開くの」

「本当？　おめでとう！」

司は大きな声を上げた。

「三年前、ぼくは明から新潟の小峰さんの電話番号を教えてもらった。だけど、あえて電話をしなかった。明からも連絡はなかった。ぼくたちはこの三年間自分の未来を切り開くことに力を尽くしてきたんだ……。ぼくは、学生時代学校になじめなかった。そんなぼくを明と幸道さんは見守ってくれた。ぼくが不登校にならなかったのは明と幸道さんがそばにいてくれたからだ……。幸道さん。ぼくは難波のお店にも手伝いにいかせてもらうよ」

「あ、ありがとう……」

このとき、私は司に前から疑問に思っていたことを尋ねてみようと思った。

「つ、司くん、一つ聞いていい？　司くんは、物語が売れてるのに、どうして、そんなに、謙虚なの？」

司はしばらく沈黙したあと、「ぼくが謙虚かどうかはわからないけど……。物語は無から有を創る。前の作品が百点満点中八十点だったとしても、新作が二十点しかとれないこともある……。物語は、その都度、新しい道を作るようなものだ。創作の世界には安定も保証もない。ぼくは、毎日、原稿用紙を埋めるだけで精一杯だ。おごりたかぶる余裕なんてまったくないよ」と答えた。

そういえば司は中学生のとき、すでに小説を書いていた。実際はもっと前から物語を創っていたのだろう。このとき、私は、司の控え目な性格は、資質はもちろんのこと、創作活動によっても育《はぐく》まれたのだと思った。

「で、でも、司くんには、才能がある。これからも、たくさん、魅力的な作品を、創れるわ。司くん、一番を目指して、がんばってね」

「幸道さん。ぼくには才能なんてないよ。ぼくを支えているのは物語に対する強い思いだけだ……。そうだ。一つ問題をだすね。ぼくは、十二万三千四百五十七になりたい

「十二万三千、四百五十、七……。一二三四五、七ということ？　ぜ、全然、わからない……」

……。この数字の意味、わかる？」

「これは、素数なんだ。素数は一と自分自身の数でしか分解できない。ぼくはこの世界で一番になんてなれない。だけど、もし、できれば、その他大勢じゃなくて、オリジナルの力を発揮したい。十二万三千四百五十七は十万台の数字だ。一番からはすごく遠い。それでも独自の価値をもっている。ぼくの夢は、毎日、努力して、いつか、自分にしか創れない大衆物語を完成させることなんだ」

私は口を結んでうなずいた。

創作と商売は似ている。

今日、「ほほえみ」がたくさん売れたからといって喜んでばかりはいられない。明日、お客がきてくれる保証はどこにもないのだから……。

私は時間があればオリジナルスイーツを作っている。だけど、商売は数を打てば当たるような甘い世界ではない。私は、今のところ、自分の店で販売する商品は、一番思い入れのある、「ほほえみ」「えがお」「おおわらい」の三つと決めている。

私は、「ほほえみ」の生地とこしあんとホイップクリームを何十回も作りなおしてきた。

さらに改良を重ねて、いつか、全国の人が喜ぶおいしいお菓子を完成させよう。


二カ月が経った。

三月。明が大阪に帰ってきた。

私は、ほぼ九年ぶりに明と再会した。明の容姿は想像していた通りだった。長身でたくましい。顔立ちは男らしさが増していた。

明は通天閣の近くで六畳一間のアパートを借りた。難波から通天閣までは二キロほどだ。ただ、街並みはまったく違う。通天閣のまわりには日雇い労働者があふれている。そのためアパート代はとても安かった。

三月二十日。私と明は難波で開店準備をしている。

午後三時。私たちは厨房の椅子に腰かけて休憩した。

私はペットボトルのお茶を飲みながら、「あ、明は、新潟で、どんな生活をしていたの？」と尋ねてみた。

「おれは、六年前に、『ほんまち』を辞めた。それから、毎日、米のことを調べ続けた……。ある日、図書館で新聞を読んでいると、新潟県で品種改良に励む、『小峰さん』が紹介されていた。六十歳の小峰さんは所有する田んぼの一部で四十年にわたっていろいろな米を作っていた……。光り子。この人が小峰さんだ」

明がカバンから一枚の写真を取りだす。私は写真を受け取った。真っ黒に日焼けした明と小峰さんが肩を組んで笑っている。小峰さんは大柄で還暦とは思えないほど若々しかった。

「小峰さんは記者の質問に、『出荷は考えていません。家族が喜んでくれれば十分です。私は、これからも、妻や息子夫婦が、おいしい、といってくれる米を作っていきたいと思います』と答えていた。おれは、この記事を読んだとき、『運命』を感じた。そして、次の日に小峰さんが住む新潟に向かった。小峰さんは突然あらわれたおれに驚いた。だけど、おれが、一所懸命、自分の気持ちを伝えると、家族が使っていない離れの部屋を貸してくれた。会社勤めをしている三十代の息子さんと若奥さんもおれを見守ってくれた。おれは、小峰さんの家族の愛情につつまれて、六年間、日中は農作業、夜は近くの大衆食堂で働き続けたんだ」

私は明の話を聞いて、小峰さんの家族は優しくてとても心が広いと思った。

「あ、明。小峰さんのご家族のためにも、必ず、お店を、成功させようね」

明は力強くうなずいた。


四月一日。

私と明の新しい店が、難波駅前にオープンした。尼崎店と同じように店頭販売をメインにしてイートインスペースをつくった。表には、「和洋せっちゅう　ほほえみ　二号店」と、「おにぎり専門店　まごころ」の看板を掲げた。

私は、明の、「塩にぎり」を食べてびっくりした。おにぎりは甘くてしょっぱかった。こんな味覚は初めてだ……。

明は、「小峰さんの米はほのかに甘い。おれは小峰さんのご飯を食べたとき驚いた。おいしくてご飯だけでおかわりしたぐらいだ。そして、この米こそが本物だと思った……。光り子。おれは、これから一つひとつ真心こめておにぎりを作る」といった。

私は笑顔で首を縦にふった。

だけど、開店初日、「ほほえみ」と、「塩にぎり」はあまり売れなかった……。

大阪のミナミには安くておいしい食べ物がたくさんある。私はいきなり日本有数の激戦区で戦うのが大変なことを思い知った。

その日の午後六時。司が難波店にきてくれた。

司と明は笑顔でうなずき合った。男性は言葉を交わさなくても心が通じるのだろう。

司は表の掃除をしたあとパンケーキの生地を作ってくれた。ただ、客足が伸びないことに気づいたようで途中から険《けわ》しい顔つきになった。

私は危機感をいだいた。そして、しばらくは尼崎店をアルバイトにまかせて難波店に全精力を注ぐことにした。

その後、私と明は、毎日、難波店で懸命に働いた。私たちは商品の作り方を教え合った。そして、お客が少ないときは一人が表にでて呼び込みをした。


一カ月が経った。

難波店の四月の売り上げは目標の六割弱だった。家賃は何とか払えたけれど、私と明の給料はわずかなものだった。

五月二日午後六時半。今日も客足が鈍い。私は司と一緒にこしあんを作っている。

司は真剣な眼差しで、「幸道さん。ぼくは、この一カ月間、毎日、大阪のことを調べたんだ。すると江戸時代の大坂には武士が少なかったことがわかった。武士は、江戸という、『政治の中心地』に集まっていたんだよ」といった。

「へえ。そ、それじゃ、江戸時代の大坂は、どんな感じだったの？」

「大坂は、『天下の台所』とよばれる、『商業の中心地』だったんだ。だから、今でも、みんな、自分の価値観に自信をもって商売に励んでる。買い手も売り手も口八丁《くちはっちょう》手八《てはっ》丁《ちょう》で実益を得ようとする。たとえば、大阪の人たちは損な買い物は絶対にしないし、お得感がなければ一円のお金もださない」

「そ、それって、ちょっと、大阪に失礼じゃない？」

「ううん、そんなことない。これが、大阪なんだ……。ということで、幸道さん、お店の名前を変更しよう」

「な、何をいってるの？　一カ月前に、看板を作ったところなのに」

「だけど、ぼくが作った名前のほうが、絶対、大阪に合ってると思うよ」

「え？　司くん、もう新しい名前を、考えてくれたの？」

「うん……。じゃあ、発表するね」

司が大きく息を吸う。

「『デカわらいとデカおにぎり　今日はだいたい一・五倍やで』」

司をにらみつける。

司の目は一点の濁りもない清らかな光を放っていた。


三日後。

新しい看板が出来上がった。ショッキングイエローの看板に、本当に、『デカわらいとデカおにぎり　今日はだいたい一・五倍やで』と記されている。看板の両端では、「ほほえみ」と、「塩にぎり」が爆笑していた。

明がみけんにしわをよせる。

私は、下品だと思った。

それに、この世界に、「今日はだいたい一・五倍やで」という中途半端でわざとらしい言葉にひっかかる人間などいるだろうか？

夕方、司がきたら思いっきり抗議しよう。


この日、店は大繁盛だった。

午後二時の段階で目標額を突破した。

午後六時、司がやってきた。

私と明は司の前に立った。そして、「このたびは、本当に、ほんとうに、ありがとうございました」といいながら深々と頭を下げた。

午後九時。私と明は次の日の準備を終えた。

今日の売り上げは目標の二倍に達した。

明は頬《ほお》を紅潮《こうちょう》させて、「おれ、初めて商売のおもしろさがわかった」といった。

「わ、私、名前が変わっただけで、同じ商品が、二倍も売れてびっくりした。でも、よかった。明、このまま、波にのれたらいいねっ」

その後、「デカわらいとデカおにぎり」は、毎日、目標額を上回る売り上げを記録した。

私と明は休む間もなく働いた。

明はよく笑うようになった。私は明と笑顔で働けることがうれしくてたまらなかった。


一カ月が過ぎた。

六月五日午後六時、「和洋せっちゅう　ほほえみ」の難波店に司がやってきた。

「こ、幸道さん、大変なことになった」

私が、「何か、あったの？」と尋ねると、司はため息をついて話しだした。

二週間前に司の三作目の長編小説が出版された。今日、司は梅田の書店で出版記念のサイン会をおこなった。そのサイン会場に麗奈があらわれたという。

私はまだ麗奈に難波店を開いたことを伝えていない。麗奈が店にくるとややこしくなるからだ。司も同じ理由で麗奈に自分の連絡先を教えていなかった。

司は、「京野さんは目をつり上げて、『司くん、連絡先を教えて。それから、幸道さんはどこにいるの？』といった……。ぼくには抵抗する力がなかった。ぼくは住所と携帯番号を教えた。そして、難波店のことも話してしまったんだ」といった。

　そのとき、見覚えのある真っ赤な外国製のスポーツカーが急ブレーキをかけて店の前に止まった。

　金色の着物をきて、巨大な「花かんざし」をつけた麗奈がおりてくる。口紅は真っ赤だ。

　通りすがりの若いカップルが麗奈をみて吹きだした。

　麗奈が看板を見上げる。

「『デカわらいとデカおにぎり　今日はだいたい一・五倍やで』？　世界一のアホじゃないのっ！」

　私は、「きょ、京野さん、久しぶり。元気だった？」といった。

「ふざけるなっ。私は四月も五月も尼崎のあの小汚い店にいったのよ。だけどアルバイトの口は固かった。『外出中です』としか答えなかった……。幸道さん。これは裏切りよ。私があんたにどれだけのことをしてあげたと思ってるの！」

　明が店頭にでてくる。明は金色の着物姿の麗奈をみて、「うわっ」と叫んだ。

　麗奈の目が光る。

「……江口くんじゃない」

「だ、だれだ、おまえ？」

「ふふん。私は高校の同級生の京野麗奈よ」

「きょうの、れいな……。ああ、あのときの……。もしかして、おまえ、芸人になったのか？」

麗奈が顔を真っ赤にして、「失礼なこというなっ」とどなる。

司は小声で、「幸道さん。明と京野さんって知り合いなの？」といった。私は、「む、昔、京野さんのほうが、明を、好きだったのよ」と答えた。

麗奈が明と私を交互にみる。

「それにしても江口くんが関わっていたとはね……。まあ、これで幸道さんがこの店のことを私に知らせなかった理由がわかったわ。あんた、江口くんを私にとられるのが怖かったんでしょう？　……でも、心配しなくていい。私はあんたらの邪魔なんかしない」

麗奈は司に向かって頭を下げた。

「司くん、ごめんなさい。私、この二カ月間、司くんに避けられてると思ってた。それで、少しだけ司くんを疑ってしまった……。だけど、司くんは幸道さんに口止めされていただけだった……。私、本当に安心したわ。それじゃ、もう時間だから、『麗ら』にいくね。今晩、司くんの携帯に電話するから」

麗奈はスキップしながら車に向かった。

午後八時。私たちは店を閉めた。

今日も盛況だった。司は最後まで残ってくれた。

明は片づけをしながら、「司、おまえ、京野さんとどういう関係なんだ?」といった。

司が黙り込む。

私は、「あ、明。京野さんが、一方的に、司くんに、恋愛感情を、もってるのよ。きょ、京野さんは、十代のとき、二十代のとき、学生のとき、社会にでたとき、貧乏なとき、お金持ちのときで、男性の好みが、変わってきたの。あ、明は、過去の人で、今は、司くんなのよ」と答えた。

七月になった。

六月は、尼崎店、難波店ともに大きな利益を上げた。私は、この三カ月間、難波店で働き続けた。ただ、忙しくて、明とゆっくり話すことができなかった。尼崎店のときもそうだったけれど、オープンしてからしばらくは自分の時間がとれなくなる。

私はさすがに体力の限界を感じた。そして、正社員を二人雇った。アルバイトも増やした。

その後、私は尼崎店と難波店に週三日ずつ通った。日曜日は休ませてもらった。

ただ、明は、「おれの取り柄は体力だけだ。休みは必要ない」といって働き続けた。

また、司は、「幸道さん。明が帰ってきて正社員も入ったから、ぼくが手伝うのは一カ月に二、三回にしておくね」といった。


一ヵ月後。

八月の平日。午後十時。私は、明と一緒に、「さつき文化」に帰ってきた。

十二歳になった3号がいきなり明にとびつく。私は3号が九年前に別れた明を覚えていたことに驚いた。

私はご飯を食べる前にお仏壇に手を合わせた。明も目をとじて頭を下げてくれた。今日、私は難波からの帰りの電車のなかで、生後半年で亡くなった円のことを明に伝えたのだ。

明はたくさんご飯を食べた。

母は私にむかって、「明くんは想像通りに成長してるね。体が大きくなっただけで昔と全然変わってないわ」といった。

私は、「うん。明は、まっすぐ、生きてきたのよ」と答えた。

明が恥ずかしそうに頭をかく。

父はずっと微笑んでいた。

3号はのどを鳴らし続けた。


この日、明は司のアパートに泊った。

翌朝。午前六時。尼崎駅へいくと、すでに明が待っていた。

明の顔がむくんでいる。

「あ、明、大丈夫？　あまり眠ってないの？」

「一時間ほど仮眠しただけだ。司が朝刊の配達にいくまでずっと話をしてた……。光子。おれたちが小学校、中学校、高校で出会った人間のなかで有名になる可能性があるのは司だけだ。だけど、司は学生のころまったく目立たなかった。不登校の一歩手前だった……。人間ってわからないものだな」

「つ、司くんは、学校の、習い覚える授業に、なじめなかったのよ。だって、物語は、無から有を、創るでしょう？」

明はうなずいて、「おれは学校のシステムが好きだった。それは、その他大勢の人間にしかなれないということだ」と答えた。

「そ、そんなことないよ。明は、何でもできる。明なら、たくさん夢を、叶えられるわ」

「おれにそんな力はない。自分の限界はよくわかってる……。ただ、おれはどんなときもあきらめずに粘り強く生きるつもりだ……。おれと司は最初の一時間雑談をした。そのあとはひたすら一つのことを話し合った。おれ、司に、すごく励まされたよ……」

明が真剣な眼差しで私をみる。

そのとき、ホームに大阪行きの電車が入ってきた。

電車の轟音が響く。

「光り子……。おれと、つきあってくれないか？」

その日の夜。

私は、両親に、明と結婚を前提につきあうことを伝えた。

私の気持ちは高校一年生のときから決まっている。この九年間、私は、明だけを想ってきた。

午後十時半。私がお風呂から上がると、台所のテーブルに長屋の鍵《かぎ》が置いてあった。

私は六畳間でテレビをみている両親に、「こ、この鍵、ちゃんと、しまっておいたほうがいいよ」といった。

母は、「それは光り子のものよ」と答えた。

「ち、ちがう。私は、カバンに、入れてるから」

「ううん、それは、光り子の鍵なのよ」

母が立ち上がる。そして、鍵をもつと、私の横を通って玄関に向かった。

「光り子、一緒にきて」

私はうなずいて、母のあとについて外にでた。母は手にもった鍵を、昔、明が住んでいた部屋の引き戸に差し込んだ。

「お、お母ちゃん、何してるの？」

母が鍵をまわす。カチッという音がした。

鍵があいたのだ。

「この部屋は私たちが借りてるの。光り子から明くんがもうすぐ帰ってくるかもしれないと聞いたからね。何かの役に立つんじゃないかと思ったのよ……。光り子は、さっき、明くんと結婚を前提につきあうといったでしょう。光り子と明くんは誰よりもお互いのことを理解してる。二人で気持ちを確認したのならすぐに籍を入れればどう？　そして、ここで生活を始めなさいよ」

私は驚いた。

この部屋が空いてから一年半が経つ。そのあいだ、父と母はずっと家賃を払っていたのだ。二人は明が帰ってきたときに私とつきあってくれることを願っていたのだろう。

母の、「すぐに籍を入れればどう？」という言葉は思いつきではない。

両親は、もう十分、待ったのだ。

一週間後。私と明は結婚した。

私の両親は、「江口光り子」になることをすすめたけれど、明は、「おれは天涯孤独です。『江口姓』にこだわる気持ちはありません。おれが、『幸道姓』になります。そして、光り子とお父さんとお母さんを守っていきます」と答えた。

入籍した日の夜、長屋で両親と司と一緒に簡単なお祝いをした。最初にみんなでお仏壇に向かって手を合わせた。お仏壇には明のお母さんのお位牌《いはい》と写真も収めた。

このとき、私は司に円のことを伝えた。

その後、私たちは食事をしながら談笑した。

司は3号を抱き上げて、「そういえば、3号って、全然、鳴かないね」といった。

私は、「3号は、じゅ、十二年間、一度も鳴かないのよ。声が、でないんだと思う」と答えた。

時間が経っていく。

私が何気なく横をみると、明がくちびるをふるわせて泣いていた……。

明の学力は高校一年生の時点でとても高かった。あのまま勉強に励めば全国でトップクラスの国立大学に進んだだろう。しかし、明はお母さんの急死によってすべてを失った。私は、明のむせび泣く姿をみて胸が痛くなった。

振り返ってみると、私の両親も苦労の連続だった。特に孤児だった父は親の愛情を知らない。父は何もいわないけれど、児童養護施設の生活や工場の仕事はつらかったはずだ。

幸いに、今、私の二つの店は繁盛している。

私は、家族一人ひとりと目を合わせた。

そして、必ず、この手で、明と両親と3号を幸せにすることを誓った。

三日が経った。

私は明と一緒に難波店で働いている。お客が落ち着いたとき、明から声をかけられた。

明は、「おれ、お父さんがやせてる気がするんだ。お父さんとお母さんにはずっと元気でいてほしい……。光り子。一度、みんなで健康診断を受けよう」といった。

翌週、私たちは健康診断を受けた。明の希望で、全員、精密検査をおこなった。

二週間が経った。

十月に入って精密検査の結果が届いた。

父は……。健康だった。体重は適正だった。昔が少し太っていたのだ。

私と明も問題がなかった。

ただ、母は笑いながら、「ちょっとひっかかったところがあるの。たいしたことじゃないけどね……。光り子。明くんにはいわないで。また心配するから」といった。

私は、母の言葉を信じた。

そして、明に、「みんな健康だった」と伝えた。

二カ月後。

十二月。私が、「和洋せっちゅう　ほほえみ」の尼崎店でこしあんを作っていると、帽子とサングラス、そして、マスクをつけた男性がやってきた。

「光り子さん、おひさしぶりです」

「え、ど、どなたですか？」

男性がサングラスとマスクをとる。

一生ヘラヘラだった。

ヘラヘラはメニューをみながら、「えがお」とオレンジジュースをたのんでくれた。

私はお菓子とジュースをトレイにのせてヘラヘラをイートインスペースに案内した。

ヘラヘラが一番奥のテーブルにつく。ヘラヘラの来店はちょうど二年ぶりだ。

「光り子さん。少しお話しできますか？」

私はうなずいて向かいの席に座った。

ヘラヘラは去年の四月に東京に進出した。それからすでに一年八カ月が経っている。

ヘラヘラが大阪を離れたとき、関西ローカルの、「街角ヘラヘラ」は終了した。

ヘラヘラには、「大阪芸人」のがめつさや泥臭さがない。東京の人たちはヘラヘラの洗練された雰囲気と丁寧な言葉づかいを自然に受けとめてくれた。現在、ヘラヘラは全国放送でレギュラー番組をもっている。

「へ、ヘラヘラさんは、今、東京に、お住まいなのですか？」

「はい。といっても事務所が所有している寮ですが」

「こ、高級マンションじゃ、ないんですね」

「そんな収入はありませんよ。ただ、多くの人から、『どうして独立せずに寮に住んでいるんだ？』ときかれます……。特別な理由はなくて、私は衣食住にあまり興味がないんです……。今日は一年半ぶりの休みでした。朝、寮を出発して大阪に戻ってきました。今晩、また東京へ向かいます」

ヘラヘラが私をみつめる。

「光り子さん。私はプロフィールに生まれた年だけを記しています。本名も、誕生した月日も、出身地も公表していません……。何故だかわかりますか？」

「し、私生活を、守るためじゃ、ないんですか？」

ヘラヘラが首を横にふる。

「答えは、生まれた年以外、本当にわからないからです……。私は、孤児でした……。大阪市の児童養護施設『優結うハウス』で育ちました……。私の戸籍に登録されている名前は……。幸道歩《こうどうあゆむ》です」

私は息がつまった。

「私は二十九歳です。物心ついたときから笑い続けています。そして、どんなときも丁寧語を使っています。そうしなければ、自分の存在が成り立たなかったからです……。私は、本当の道化師です。これまで心から笑ったことは一度もありません……。私は、ずっと孤独でした。テレビにでても、女性から声をかけられても、むなしくて仕方ありませんでした……。それが、二年前、『街角ヘラヘラ』のロケでこちらによせていただいたとき、光り子さんの姓が、『幸道』だと知って驚くとともにとても心が安らぎました……。私たちには血のつながりがありません。それでも、私は、『家族』に出会ったように感じたのです……。光り子さんは、私より、四、五歳下にみえます。今、二十五歳ぐらいでしょう？　私が、『優結うハウス』で生活していたとき、光り子さんは在籍していませんでした。私は、光り子さんのお父さんかお母さんが、『優結うハウス』の出身だと考えています」

ヘラヘラは相変わらず論理的で頭の回転がはやい。

「そ、その通りです。お、お父ちゃんは、『優結うハウス』で、育ちました」

ヘラヘラはうなずいて、「私は、『優結うハウス』の施設長から、『幸道姓は歩で二人目だ』ときいていました。こうして光り子さんに出会えたのは奇跡、いえ、運命だと思います……。光り子さん。大阪に戻ってきたとき、またこちらにうかがってもいいですか？　私にとってこのわずかな時間は何にも代えがたいものなのです」といった。

「も、もちろんです。私の携帯番号を、お教えしますから、大阪にこられたときは、連絡してください。ぜ、是非、お父ちゃんとも、話をしてください」

「ありがとうございます。それでは私の携帯番号もお伝えしておきます……。私は、幸道さんのご家族をよりどころにして、もう少し、がんばってみようと思います……」

ヘラヘラが右手を差し出す。

私はヘラヘラの手を握った。今日はトレードマークの真っ赤なサポーターをつけていない。プライベートだからだろう。

次の瞬間、ゾッとした。

ヘラヘラの左手がテーブルの上に置かれている。その手首には、何本もの、「自傷（リストカット）」の跡があった……。

この日、私は仕事が手につかなかった。

ヘラヘラと私には血縁関係がない。それでも、ヘラヘラは、「同じ姓」というだけで、私に安らぎを感じるといった。それは、私や父を、「疑似家族」とみているからだろう。

ヘラヘラのリストカットの跡がよみがえる。

ヘラヘラは一を聞いて十を知る。聡明だからこそ、自分の存在について、より深く悩み苦しむのだ。

私は、ヘラヘラが、最後に、「もう少し、がんばってみようと思います」といった言葉が気になって仕方なかった……。


その日の夜。

私は家族で晩ご飯を食べた。食後、父にヘラヘラのことを話した。

父は長い沈黙のあと、「光り子。わしにはヘラヘラくんの気持ちがわかる。わしは、『優結うハウス』に感謝している。ただ、どれだけよくしてもらっても両親に捨てられた心の傷が消えることはなかった……。わしが自分の存在を肯定したのは結婚して光り子が誕生したときだ。光り子を抱いて、本当の人生が始まったんだ……。ヘラヘラくんはだれかを愛したほうがいい。一人では自分を追い込むだけだ。結婚して家族をもてば少しは苦しみがやわらぐだろう……。光り子。ヘラヘラくんの携帯番号を教えてくれないか。機会をみて電話してみるから」といった。

私はうなずいた。そして、父にヘラヘラの携帯番号を伝えた。

一カ月が経った。

一九九九年を迎えた。

私と明は今年二十六歳になる。

十年前の一九八九年、明のお母さんが急死した。四年前の一九九五年、「阪神・淡路大震災」がおこった。このとき、正田家のビルが崩壊して遥さんが亡くなった。私の父は会社を解雇されてアルバイト生活を始めた。母は家計を助けるために朝から午後九時まで働くようになった。

この世界はいつ何がおこるかわからない。

実際、私たちは、何度も突発的な不幸に見舞われた。しかし、私は、たとえ暗闇にのみこまれても、毎日、一所懸命努力すれば、また新たな光に出会えると信じている。

私は、大学卒業後、一人で商売を始めた。それが縁となって明と再会、そして、結婚することができた。

幸い、「和洋せっちゅう　ほほえみ」の尼崎店と難波店の売り上げは好調だ。

今、私たちは暗闇のなかにいるのではない。

目の前にはまばゆい光が射しているのだ。

私と明は、毎朝、父と母の部屋で朝ご飯を食べる。私たちは食事の前に必ずお仏壇に手を合わせた。

一月十日。朝、私と明はお仏壇の前でご先祖の名前を読み上げて頭を下げた。しばらくして顔を上げると、「光り子、明くん、ありがとう」という母の声が聞こえた。

振り返る。

母は笑顔で、「私は、光り子と明くんがご先祖を大切にしてくれることが本当にうれしい……。きっと、円、遥姉さん、明くんのお母さんも喜んでいるわ」といった。

昔、母はお仏壇に手を合わせている私を透き通った眼差しでみつめていた。

あのときも母はご先祖が喜んでいる姿を思い浮かべていたのだろう。

翌朝。

私と明はお仏壇の前に座って手を合わせている。私は最初に円の名前を読み上げた。

そのとき、一瞬、お仏壇のなかの円の写真が優しく微笑んでくれた気がした。

そして、心がすごく軽くなった。


十分後。

私たちは朝ご飯を食べている。

「お母ちゃん。私、今日、午前中は尼崎店で働いて午後からは難波店へいく。家に帰ってくるのは午後十時ごろだと思っていて」

母と父と明が食事の手をとめて私をみる。3号も驚いた顔をしている。

「どうしたの？　私の顔に何かついてる？」

全員が首を横にふる。次の瞬間、母の両目から涙がこぼれ落ちた。

「は？　お母ちゃん、いきなり泣きだしてどうしたのよ？」

私は何がおこっているのかまったくわからなかった……。

午後二時。私は難波店に到着した。エプロンをつけて食器を洗おうとしたとき明から塩にぎりを渡された。

「昼ご飯、まだだろ？」

「ありがとう。遠慮なくいただくね。尼崎店は忙しかった。バイトのみんなと話をするひまもなかった……。そうだ、明、朝、私をジッとみてたでしょう？　お母ちゃんは泣きだすし、いったい何があったのよ」

明は呆然とした顔で私の話を聞いていた。

「明、黙ってないでちゃんと答えて」

「いや、だから……」

明が私と視線を合わす。

「おれ……。円ちゃんは、光り子を、愛してくれてるんだと思った」

「円？　円が私を愛してるって？　意味がわから……」

そこで、私はとてつもなく重大なことに気がついた。

今朝、お仏壇に手を合わせたとき、一瞬、円の写真が優しく微笑んでくれた気がした。

そして、心がすごく軽くなった。

そのあと……。

私は言葉につまらずにしゃべっているのだ。

昔、麗奈は夜逃げしたときの恐怖に何年も苦しめられたといった。

円は私の不注意で命を落とした。私が、「円の死の原因」を知ったのはちょうど十年前だ。

私は、十年間、トラウマを抱えながら、毎日、お仏壇に手を合わせてきた。

そんな私を、円は、ずっと見守ってくれていたのだろう。そして、今朝、すべてを許してくれたのだ。

視界が曇《くも》る。涙があふれでる。

明が私を引き寄せる。

私は、明の胸に顔をうずめた……。

四 闇

一カ月が経った。

二月の平日。午前五時。私と明が起床してふとんを片づけているとき救急車のサイレンがきこえた。

「近いな。おれ、ちょっとみてくる」

明はダウンジャケットを着てでていった。

五分後。明が真っ青な顔で戻ってきた。

「『さつきアパート』の前で自動車と自転車が衝突している……。被害者は、司だ」

息がつまった。

司は新聞配達を終えてアパートに戻ったところで事故にあったのだろう。

「司は救急車のなかにいた。司のお母さんも同乗していた……。司は顔が血だらけで左足が不自然な形に曲がっていた……。おれは救急隊員に司が運ばれる病院をきいた。光り子、今から自転車で病院へいこう」

私はうなずいてダウンコートを手にとった。

午前五時半。私と明は尼崎市の病院に到着した。案内に従って家族控室へ向かう。

控室には司のお母さんがいた。

私と明がとなりに座ると司のお母さんは嗚咽しながら事故の様子を話してくれた。

四十分前、司のお母さんは大きな衝突音を聞いてアパートの前にでた。すると、新聞配達を終えた司がブロック塀《べい》に叩きつけられていた。前方不注意の自動車に撥ねられたのだ。司の顔は血だらけで左足の膝から下が逆に曲がっていた。

司のお母さんは消え入りそうな声で、「司は、今、手術をしています。右手首も骨折しています。左足は……。切断の可能性があるそうです」といった。

私は絶句した……。

私と明は、「和洋せっちゅう　ほほえみ」の尼崎店と難波店を従業員にまかせて司のお母さんにつきそうことにした。

早朝の新聞配達はつねに危険ととなり合わせだ。私はいつも司が安全に配達を続けてくれることを願っていた。

しかし、最悪のことがおこってしまった。

二時間が経った。

午前七時半。手術が終わって執刀医が家族控室にきてくれた。

先生は、「西条司さんは麻酔で眠っています。命に別状はありません。左足は切断をまぬがれました。ただ自由に動かすことはできないかもしれません。右手首は単純骨折ですが一カ月ほどギプスをつける必要があります。それから、西条さんは左頬を複雑骨折していました。左顔面にマヒが残る可能性があります」といった。

私たちはしばらく沈黙した。

命に別状がないのは幸いだった。ただ、先生の話をそのまま受けとると、司は歩くときに杖が必要になる。さらに、顔の相が変わってしまう……。

翌朝、私と明は司のお見舞いにいった。今日も二つの店は従業員にまかせている。

明は四人部屋の仕切り用カーテンを開けた。

司がベッドで寝ている。枕元には鉛筆と原稿用紙がおいてあった。

司の左足と右手がギプスで固定されている。左頬には医療用の大きな絆創膏《ばんそうこう》が貼られている。絆創膏の上からでも顔がひどく腫《は》れているのがわかった。

明がカーテンを閉める。私は丸椅子に腰かけて、「司くん」とささやいた。

司が目をあける。左目はほとんどひらかなかった。

「こ、幸道さん、明、わざわざ、きてくれたんだね。昨日から迷惑をかけてごめん。ぼくのほうは大丈夫だから……。ただ、ぼくは鉛筆で原稿を書いてるから右手が使えなくて困ってるんだ……」

私は、「病院の先生が右手の骨折は時間が経てば治るといってたわ。司くん、今は創作のことを考えずにゆっくり休んで」といった。

「で、でも、頭のなかで、新しい物語ができたんだ……。ぼくは、先生から左足が自由に動かせなくなることと顔のマヒのことを聞いた……。もう、新聞配達はできない。一般の仕事も難しいと思う……。だけど、体が不自由でも創作はできる」

突然、司の目が輝いた。

「そうだ。左手を使えばいいんだ。幸道さん、明。ぼくは今日から左手で原稿を書くよ」

私と明は苦笑いした。

そのとき、仕切り用カーテンが開いた。

顔を上げると目を真っ赤にはらした麗奈が立っていた……。

一週間が経った。

夕方、私は司のお見舞いにいった。病室に入ると麗奈が司の顔の絆創膏を貼り替えているところだった。麗奈は、この一週間、毎日、司の世話をしている。

司に衝突した車の運転手は自動車の任意保険にも加入していた。司の手術や入院費用などは保険会社が支払ってくれる。

私は司が左手で書いた原稿をみせてもらった。たどたどしいけれど何とか読むことができた。

司は左顔面がゆがんでいる。

左目もあまりひらかない。

司の繊細で美しい顔立ちは失われてしまったのだ……。

一カ月が過ぎて三月になった。

司はいよいよ明日退院する。夕方、私は司の病室にいって麗奈と一緒に片付けと掃除をした。

午後五時半。麗奈と私は病院をでた。

「幸道さん。私、『麗ら』を妹にゆずるの……。今日が私の最後の出勤なのよ」

「ど、どういうこと？」

「司くんは杖がないと歩けないでしょ。だから私が司くんのそばにいないといけないの……」

麗奈が強い眼差しで私をみる。

「私……。司くんと……。結婚するのよ」

「えっ？」

一瞬、息がとまった。死ぬかと思った。

司は今回の事故で大けがを負った。体が不自由になって顔の相が変わってしまった。

私は麗奈のことだから司を見限って新しい男性をさがすのだとばかり思っていた。

「私と司くんは相思相愛なの。ほら」

麗奈がかばんから一枚の書類をとりだす。

婚姻届だった。

たしかに麗奈と司が署名捺印《なついん》をしている。

「私の両親は反対してる。司くんの体が不自由だからね。だけど家族の意見なんて聞かない。私は、八年間、パパとママと妹のために働いてきた……。『麗ら』は妹にゆずるし、これからは自分の幸せのために生きていくわ」

「……京野さんは、どうしてそこまで司くんに尽くすの？」

「前にもいったでしょ。私はいろんな男をみてきたのよ。それに苦労もした……。いっとくけど、司くんが作家だからじゃないよ。司くんの作品が売れるかどうかなんて関係ない。司くんは謙虚で優しい。物の見方がとても自然で、この世界の深いところを知っている。私は、司くんの前では素直になれる……。私の幸せは司くんと一緒に人生を歩むことなのよ」

私は虚勢をはらない麗奈を初めてみた。

このとき、私は、麗奈の、「運命の男性《ひと》」は司なのだと確信した。

そして、心から二人を祝福したいと思った。

「京野さん、おめでとう！　京野さん、よかったね！　京野さん、幸せになってね！」

麗奈が目をつり上げる。

「こら、京野さん、京野さんっていうな！　ほんとに腹立つ。私は、『西条麗奈』。あんた、これからは、『麗奈奥さま』っていえ」

「奥さまはちょっと抵抗があるけど、名前でよばせてもらう」

「それじゃ私もあんたを名前でよぶことにする……。光り子。私、忙しいから、もう、どっかにいってくれっ」

午後十時。私は長屋で明に昼間の出来事を話した。

明は、「おれは、京野、いや、麗奈とあまり話をしたことがない。だから単純に麗奈は司の顔立ちや作家という肩書が好きなんだと思ってた。それが司の心を愛していたとは驚きだ……。麗奈にとって司の左足の障がいや顔のマヒはどうでもいいんだな……。もしかしたら、司はすばらしい女性に巡り合ったのかもしれない」といった。

翌日、私と明は午後から二つの店を従業員にまかせて司の病院にいった。

ちょうど司が病院から出てくるところだった。麗奈が司の体を支えている。司のお母さんが荷物をもっている。

もう一人、司のそばに四十代ぐらいの男性がいた。私がその男性をみると、司は、「出版社の方なんだ。さっき原稿を渡したところだよ」といった。

司は本当に一カ月で長編小説を書き上げたのだ。

司が麗奈に視線をうつす。

私はあわてて、「司くん、昨日、麗奈からきいたよ。おめでとう！」といって拍手した。

司ははにかみながら、「ありがとう……。幸道さん。明。そういうことなんだ」と答えた。


三カ月が経った。

六月。司が入院中に創った小説が出版された。四作目の長編小説だ。私は発売日に尼崎駅のブックストアで購入した。司は、いつも、「プレゼントする」といってくれるだけど、私は必ず自分で買うことにしている。司のデビュー作品は増刷を重ねて十万部を超えた。そのほかの小説も売り上げを伸ばしている。

私は尼崎店のお客が落ちついたときに司のアパートにいった。司の部屋をノックすると麗奈がドアをあけてくれた。

「新刊を買ったの。司くんにサインしてもらおうと思って」

私が台所に入ると奥から司がやってきた。左足をひきずっている。ただ、不思議なことに顔のゆがみがなくなっていた。

司は、「部屋のなかは何とか自力で歩けるんだ……。左ひざも少し曲がるようになってきた」といった。

「司くん、よかったね。それに顔が元通りになってるよ」

「笑ったときはひきつるけどね。担当の先生もびっくりしてた。麗奈が一日も欠かさずに顔と左足のマッサージをしてくれたからだ」

麗奈は胸をはって、「私は何年かかろうが司くんの左足もなおす。愛は医学を超えることを全世界に証明してやるわ」といった。

私は麗奈なら本当に奇跡をおこす気がした。

「光り子さん、新刊を買ってくれたの？」

司は麗奈の影響で私を名前で呼ぶようになった。私はうなずいて単行本とサインペンを司にわたした。司は丁寧に名前をかいてくれた。

テーブルの上に家のパンフレットがある。

私は、「もしかして一軒家を購入するの？」と尋ねてみた。

麗奈はうなずいて、「近くに住宅地ができたのよ。注文住宅だからバリアフリーにできる。私は駐車場と玄関と一階部分の高低差をなくそうと思ってる」と答えた。

私はパンフレットをみた。麗奈のいうとおり注文住宅形式だ。六十坪ほどの土地で総額五千万円以上している。

司は、「ぼくたち、頭金ぐらいは用意できると思うんだ……。光り子さん。麗奈は本当にぼくと母のことを考えてくれてる。ぼくは心から感謝してるんだ」といった。

司と麗奈が見つめ合う。

私は二人の笑顔をみてあたたかな気持ちになった。

その日の夜。私は、明に、司と麗奈が一軒家の購入を考えていることを伝えた。

「光り子。その住宅地はまだ空いてるのかな？　もし募集してたらおれたちも申し込んでみようか」

五千万円は高い。だけど、ローンを組めば返済は不可能ではない。

家族で一軒家に住むことができたらどんなに幸せだろう。

私は、父と母の喜ぶ姿が目にうかんだ。

一カ月が経った。

七月。私は麗奈の仮契約についていった。麗奈は、「本当に家を買うんなら私のとなりにしてよ。光り子が横にいたら私もいいたいことがいえるわ」といった。

麗奈の左右の土地は空いている。私も司と麗奈がそばにいてくれたら安心だと思った。


二週間が過ぎた。

七月十五日。私は難波店で働いている。

午後一時、母から電話があった。

通話ボタンを押す。

母は慌《あわ》てた様子で、「お、お父さんが大変なことになった」といった。

今月、父は神戸市内で道路工事のアルバイトをしている。

「光り子、よくきいて……。道路工事の地面が陥没して、お父さんがのみこまれたの」

「う、嘘」

「本当よ。さっきお父さんが運ばれた病院から電話があった。病院の住所を教えるから
すぐにむかって」
「そ、それで、お父ちゃんは大丈夫なの？」
長い沈黙のあと、母は、「心肺停止だといわれた」と答えた……。

一時間後。午後二時。私と明は神戸市内の病院に到着した。

このとき、すでに父は息を引きとっていた。

「お父ちゃんっ！」
私は傷だらけの父の顔に触れて絶叫した。
父は、道路工事のアルバイトをしていたとき、突然、轟音とともに陥没した地面にのみこまれたという。そして、真っ逆さまに八メートル落下した……。
父は両親を知らない。物心ついたときには大阪市の児童養護施設にいた。高校卒業後は尼崎市の工場に就職した。しかし、四年前の、「阪神・淡路大震災」で工場が全焼し

て仕事を失った。それからは、毎日、警備や道路工事のアルバイトをしていた。

父の人生は苦しみに満ちていた。

だけど、父は愚痴や不満をいわなかった。家族を守るためにひたすら働いた。

私は父が大好きだった。親孝行をするのが夢だった。実際、今年、一軒家を購入しようと思っていた。

私たちは明るい未来へ向かっていたのだ。

それが、何故、こんなことに……。

「お父ちゃん、死なないで……。はやく目をあけて……。あぁぁ……。お願いだから……。お父ちゃん……。もう一度、私と、一緒に、笑ってよ！」

私は父の胸に顔をうずめて号泣した。


父のお葬式は火葬場の小ホールでおこなった。司と麗奈にだけきてもらった。母は、「香姉さんにも伝える」といったけれど、私が反対した。

香さんは孤児で学歴の低い父を見下していた。ずっと無視し続けた。

私は父を純粋に偲びたかったのだ。

午後五時。

私たちは初七日《しょなのか》法要を終えて長屋に戻ってきた。セレモニーホールの人がお仏壇の前に中陰壇《ちゅういんだん》を作ってくれた。中陰壇には白木《しらき》のお位牌、父の写真、遺骨が安置された。母は写真の前に父の携帯電話をおいた。

私は中陰壇に向かって五分以上手を合わせた。とめどなく涙が流れた。

父が亡くなってから本当に泣いてばかりだ……。

この日、私はお仏壇の横にふとんを敷いて母と一緒に寝た。

心も体も疲れ切っていた。


翌朝。

私は携帯電話の音で目が覚めた。掛け時計がちょうど六時をさしている。今日も、「和洋せっちゅう　ほほえみ」の尼崎店と難波店は従業員にまかせている。私は七時ごろまで寝ようと思っていたのだ。

枕元の携帯電話を手にとる。着信がない。首をかしげてまわりをみると中陰壇に置いている父の携帯電話が鳴っていた。

私は体を起こして父の電話をみた。液晶画面に、「幸道歩さん（一生ヘラヘラさん）」という文字が浮かんでいる。

あわてて通話ボタンを押す。

「も、もしもし」

「え？　あ、光り子さんですか？」

「は、はい」

「朝早くにごめんなさい。お父さんはおられますか？」

私は息がつまった……。

「じつは、幸道さんは、毎日、お仕事のあと、私の携帯に連絡をくださっていたのです。そして、ご自身の経験を通して私を励ましてくださいました。ただ、この三日間、電話がありませんでした。それで、何かあったのかもしれないと思って……」

私は途中から口を押えて嗚咽した。

沈黙が流れる……。

「ま、まさか……」

ヘラヘラの声音《こわね》が変わる。

その後、私は、何度も言葉につまりながら父が事故死したことを伝えた……。

午後二時。

ヘラヘラが長屋にきてくれた。黒のスーツとネクタイ姿だった。急遽《きゅうきょ》、東京からかけつけてくれたのだ。

ヘラヘラはくちびるを震わせながら中陰壇に手を合わせた。

しばらくしてヘラヘラが私たちに向き直る。

「と、突然、申し訳ありませんでした」

母は、「いえ、お忙しいところ、ありがとうございました……。私も、光り子も、お父さんがヘラヘラさんに電話していたことを知らなかったのです……。こちらのほうこそご連絡できずにすみませんでした」と答えた。

「幸道さんと私は孤児でした。時期は違いますが、同じ、『優結うハウス』で育ちました。今朝、光り子さんにもお伝えしましたが、幸道さんは、毎日、私に心のこもった言葉をかけてくださいました……」

ヘラヘラが父の写真をみる。

「幸道さんは、『優結うハウス』で教えてもらった、『青色青光　黄色黄光　赤色赤光　白色白光』という言葉を大切にしていると仰《おっしゃ》っていました。私もこの言葉を習いました。ただ、私はどうしても自分の存在を肯定することができませんでした。私がそのことを伝えると、幸道さんは、『ヘラヘラくんはみんなに笑顔を与えています。それはすばらしいことだと思います……。ヘラヘラくんは、今、この瞬間も光り輝いていますよ』と仰ってくださいました。このとき、私は涙がこぼれました。そして、初めて、少しだけ自分を肯定することができました……。私は幸道さんのお話から生きる力をいただきました。幸道さんのおかげで、最近は人生に前向きになっていたのです」

母が微笑む。

「お父さんはヘラヘラさんが手を合わせてくれて本当に感謝していると思います……。そして、自分の思いがヘラヘラさんに伝わっていたことを心から喜んでいるはずです」

次の瞬間、ヘラヘラの両目から大粒の涙がこぼれ落ちた……。

九月一日十一時。父の満中陰《まんちゅういん》法要（四十九日の法事）を勤めた。

長屋には司と麗奈とヘラヘラがきてくれた。

一時間後、お寺さんのお勤めが終わった。

私はお寺さんを見送ってからお膳を並べた。麗奈はお吸い物や飲み物を用意してくれた。

司と麗奈は十一月に新居に引っ越す。私は父が急死したため一軒家の購入を見送った。

食事の前に、母は、「お父さんの願いは私たちが元気に過ごすことでした。どうか、みなさんで明るい話をしてくださいね」といった。

ヘラヘラが明と司と麗奈に会うのは初めてだ。四人は順番に自己紹介をした。

明は、「ヘラヘラさん。おれたちは名前で呼び合ってるんです。ヘラヘラさんもおれたちを名前で呼んでください」といった。

私たちは食事をしながらいろいろな話をした。

ヘラヘラは、「私が育った、『優結うハウス』にはたくさん本がありました。私は、子どものころから読書が好きでした。司さんのデビュー作品も読ませていただいています」といった。

このとき、私は、司とヘラヘラが似ていることに気がついた。司の小説にはよく繊細で整った顔立ちの男性が登場する。私はその登場人物を司だと思って読んでいた。ただ、それがヘラヘラであっても何ら問題はない。

私は、「ヘラヘラさん。司くんはもうすぐ五作目の長編小説を出版するんです。それから、さっき麗奈からきいたのですが、今度、司くんの物語がテレビドラマになるんですって」といった。

「光り子さん、ドラマはまだ企画段階だよ。簡単に進む話じゃない」

司が否定する。

ヘラヘラは微笑みながら、「たしか司さんはあとがきに、『私の作品は大衆物語です。私は市井の人びとの日常生活を描いています』と記されていましたね。私は一般市民の喜怒哀楽を描く司さんの物語は共感性が高いと思います。私も司さんの物語がドラマ化されることを祈っています」といった。

「そのときはヘラヘラさんが主人公を演じてくださいね」

私の提案に司とヘラヘラは顔を見合わせて笑った。

明と司とヘラヘラはわずかな時間で打ち解け合った。明にも天涯孤独の時期があった。明が家族のすばらしさを伝えるとヘラヘラは何度もうなずいた。

私は、ヘラヘラの様子をみて、もうリストカットはしないだろうと思った。

午後五時。ヘラヘラは長屋をあとにした。今日は大阪のホテルに泊まるという。

その後、司と麗奈は法要の片付けを手伝ってくれた。

私は父の写真を中陰壇からお仏壇に移した。これでお仏壇のなかの写真は、円、遥さん、明のお母さん、父の四人になった。

司はお仏壇の写真をみながら、「光り子さん。おじさんは、円ちゃん、遥さん、明くんのお母さんと一緒だから寂しくないと思う。おじさんは、これから、ずっと、ずっと、光り子さんを見守ってくれるよ」といった。

父の写真をみる。私は、父が笑顔でうなずいてくれたように感じた。


二カ月が経った。

十一月。司の新居が完成した。

私と明は朝から引っ越しの手伝いにいった。

新しい住宅地は清潔で美しかった。司の家は真っ白で、ガレージから玄関、そして、一階部分がすべてバリアフリーになっていた。

私たちは昼前に荷物の整理を終えてリビングで休憩した。

麗奈と司のお母さんが楽しそうに話をしている。司が微笑みながら二人をみつめている。

私は、今、司の家族は幸せの真っただ中にいるのだと思った。

帰り際、左右の土地をみた。どちらも基礎工事が始まっている。

麗奈は、「この住宅地は完売したのよ」といった……。


十二月が過ぎて、二〇〇〇年一月を迎えた。私と明は、今年、二十七歳になる。

父が亡くなってから半年が経った。

悲しみは癒えない。

喪失感は消えない。

それでも私は顔を上げて前へ進まなければならない。

今年、「和洋せっちゅう　ほほえみ」は新たな挑戦をする。

新大阪駅の売店で、「ほほえみ」「えがお」「おおわらい」を箱詰めした大阪みやげを販売するのだ。

この店が軌道にのれば、東京、神奈川、静岡、愛知、滋賀、京都、兵庫、岡山、広島、山口、福岡はじめ全国の人に、「ほほえみ」を届けることができる。

私は司と商品名を考えた。

司は、「光り子さん。今回は大阪的なコテコテした名前はやめておこう。ぼくは、パッケージに、『おおわらい』の絵を描いた、『大阪みやげ　あははっ』を推薦する」といった。

私は目をとじた。

「おおわらい」の絵の上に、「大阪みやげ　あははっ」……。

悪くはないと思った。

「大阪みやげ　あははっ」は、「ほほえみ」「えがお」「おおわらい」を三個ずつ計九個入りで販売することにした。

五月。私は新大阪駅構内のおみやげショップに有人販売所をもった。

初期投資は大きなものだった。家賃も高い。毎日、売り上げ目標をクリアしなければ新大阪店の撤退はもちろん、尼崎店と難波店の存続にも影響する。

開店初日。

「大阪みやげ　あははっ」は、十一箱しか売れなかった……。

大阪には有名なおみやげがたくさんある。

売店を訪れる人の多くは定番のお菓子を購入した。「大阪みやげ　あははっ」に目を向けてくれる人はほとんどいなかった。

よくよく考えてみると、尼崎と難波にしか店をもっていない私が有名なお菓子と戦えるわけがない。

「和洋せっちゅう　ほほえみ」が新大阪駅に進出するのは明らかに時期尚早だった。

店をしめたとき、私は、一瞬、目の前が真っ暗になった。

そして、これまで築いたものが音を立てて崩れていくように感じた……。

二カ月が過ぎた。

七月五日、東京のヘラヘラから電話があった。

「光り子さん。十日後のお父さまの一周忌《いっしゅうき》法要に牧野叶《かなえ》さんという女性と一緒にお参りさせてもらってもいいですか?」

私は、「もちろんです……。ヘラヘラさん、いつも遠いところ申し訳ありません。気をつけてお越しくださいね」と答えた。


七月十五日。

長屋で父の一周忌法要をおこなった。司と麗奈、そして、ヘラヘラと牧野叶さんがきてくれた。叶さんは素朴で礼儀正しかった。

私たちは法要後にお膳をかこんだ。

ヘラヘラは、「叶は大阪の公立大学の四回生です。私たちは結婚を前提につきあっています……。じつは、叶も、『優結うハウス』の出身なんです」といった。

私はお茶をのむ手をとめた。

「叶は中学生のときに両親を交通事故で失って施設に保護されました……。現在、『優結うハウス』は国公立の大学に限って進学することができます。叶は、『優結うハウス』を手伝いながら大学に通っているのです……。私は、去年、光り子さんのお父さまの満中陰法要にお参りさせていただいたあと、久しぶりに、『優結うハウス』を訪ねました。そのとき、叶に出会いました……。私たちは八つ年が離れています。それでも、私は叶と強い絆《きずな》で結ばれていると信じています」

叶さんが微笑みながらうなずく。

ヘラヘラは叶さんと目を合わせてうれしそうに笑った。それは演技ではないとても自然な笑顔だった。

三週間が経った。

八月。私は妊娠していることがわかった。

出産予定は来年の三月だ。

明と母は涙を流して喜んでくれた。

おなかに手をあてる。

私は、家族のためにも、必ず、この小さな命を守りぬこうと思った。

明は、「光り子、なるべく体を休めてくれ。店のほうはおれと従業員でしっかり守るから」といった。

明の言葉はありがたかった。

だけど、「和洋せっちゅう　ほほえみ」の新大阪店は他人《ひと》にまかせられる状態ではない。私は妊娠がわかってからもほぼ毎日新大阪店に通った。


九月。ヘラヘラと叶さんが結婚した。

ヘラヘラはマスコミにファックスで結婚報告をした。このとき、初めて、自分の本名と経歴を明かした。

ファックスには、「私は、大阪の児童養護施設で育ちました。『幸道歩《あゆむ》』と名づけられました。この姓名には、『幸せな道を歩んでほしい』という願いがこめられています。このたび、私は、同じ施設出身の女性と結婚しました。私たちには孤独な時期がありました。悩み苦しんだときがありました。だからこそ、これからは、二人で、支え合い、励まし合って、幸せな道を歩んでいこうと思います」と記されていた。

このファックスによって、ヘラヘラのイメージは大きく変わった。ヘラヘラは、聡明で容姿に恵まれたお笑い芸人から、困難を乗り越えて懸命に生きる好青年になった。

ただ、それは、ヘラヘラのお笑い芸人としての立場を微妙にした。

多くの人はヘラヘラをみて純粋に笑うことができなくなったのだ。


二カ月が経った。

十一月。新大阪店の売り上げは少しずつ伸びてきた。

お客さんは、「あははっ」という明るい名前に魅かれて購入してくれる。

私は今回も司の感性に助けられたのだ。

ただし、黒字にはほど遠い。

新大阪店は、尼崎店と難波店の利益を補塡《ほてん》することによって成り立っている。それはずっと続けられることではなかった……。


十二月。司の小説が正式に二時間ドラマになることが決定した。

今年、司は、六作目、七作目の長編小説を出版した。

司の執筆活動は順調そのものだ。

ドラマは来年の三月にテレビ放映される。

そして、司の推薦によってヘラヘラが主人公の男性を演じることになった。

ヘラヘラは人気に陰りがでている。

私は、このドラマがヘラヘラの再浮上のきっかけになることを願った。


二〇〇一年を迎えた。私と明は、今年、二十八歳になる。

私はおなかが大きくなった。あと二カ月で出産だ。

赤ちゃんのことを考えると幸せな気持ちになる。その一方で、私は商売の先行きが不安だった。

「和洋せっちゅう　ほほえみ」の尼崎店と難波店は一昨年まで大きな利益を上げていた。

しかし、去年はほとんど、「純利益」がなかった。

新大阪店のマイナスが響いたのだ。


三月になった。

私は出産を控えて長屋で過ごしている。尼崎店、難波店、新大阪店は、明と従業員が守ってくれている。

三月十五日午後七時。

私は、無事、女の子を出産した。

赤ちゃんを抱いた瞬間、世界が光り輝いた。

「生命の誕生」はまさに奇跡なのだと思った。

赤ちゃんが透き通った眼差しで私をみつめる。

私は、すべての愛情をこめて、赤ちゃんの頬に口づけした。

私と明は、赤ちゃんを、「幸道あさひ」と名づけた。

私と明の名前は、「光」を意味している。私たちは、赤ちゃんにも、「光」をあらわす名前をおくると決めていたのだ。

母は今月で仕事を辞める。そして、四月からは、毎日、あさひの面倒をみてくれる。

三月二十五日。麗奈が長屋にきてくれた。

麗奈はあさひをあやしながら、「光り子は幸せの階段を一つひとつ上ってるね。私、うらやましいわ」といった。

「そんなことないよ。商売はいつどうなるかわからない。私、毎日が不安なのよ……。私より麗奈と司くんのほうが次つぎと夢を叶えてるじゃない」

「まあね、ドラマは明日放映されるし……。でも、つらいこともある……。私、このあいだ、少し気になることがあって大学病院で検査をしてもらったの。すると、私の体は卵子を成長させる力がとても弱いことがわかった……。大学病院の先生は、『赤ちゃんを授かるのは難しいかもしれません』といったわ……。司くんは、『気にしなくていい』といってくれるけど、ずっと落ち込んでるのよ」

麗奈はうつむいた……。

次の日の午後九時。司のテレビドラマが放映された。

ドラマは司の原作に忠実に作られていた。

市井の人びとの日常生活が生きいきと描かれていた。

さらに、主役のヘラヘラのお笑い芸人とは一線を画した演技は見応えがあった。


翌日。

ドラマの視聴率が発表された。

わずか、六パーセントだった……。

視聴率が明らかになってからヘラヘラに対する辛辣《しんらつ》な意見がとびかった。

特に多かったのは、「お笑い芸人の生真面目《きまじめ》な芝居などみたくない」というものだった。

チャンスは諸刃《もろは》の剣だ。

失敗すれば大きなダメージを負う。

主演作の評判が悪かったことで、ヘラヘラの勢いは完全に止まってしまった。


半年が経った。

九月。私は新大阪店にいる。新大阪店の売り上げはどうしても伸びない。毎月、家賃をおさめるだけで精いっぱいだ。

私はあまり眠れなくなった。

そして、一日いちにち、精神的に追いつめられていった。


三カ月後。

十二月。午後十一時。明がパソコンのプリンターで印刷したコピー用紙の束をもってきた。それはこの三年間の収支表だった。収入と支出を折れ線グラフにしたものもある。明は理系の大学を目指していたのでパソコンの扱いがうまいのだ。

私はあさひをあやしながら収支表を一枚いちまい丁寧にみた。

収入は難波店を始めたころから大きく増えていた。しかし、新大阪店を開くと同時に利益が減っていた。

そして、今年、ついに収支がマイナスになった。新大阪店の損益を尼崎店と難波店の収入で補填することが難しくなったのだ。

「光り子。このままでは負の連鎖がおこる。新大阪店の撤退を真剣に考えよう」

私は、くちびるをかんだ……。

ひと月が経った。

二〇〇二年を迎えた。今年、私と明は二十九歳、あさひは一歳になる。

現在、私は新大阪店を中心に週に五日働いている。残りの二日は長屋であさひと母と一緒に過ごしている。

三月一日。母から、「あさひの保育園を探してくれない？」といわれた。

首をかしげる。

「お母ちゃん、また、仕事をするの？」

「ううん……。光り子。大事な話をするね……。私たちは三年半ほど前に健康診断を受けたでしょう？　そのとき、私は、胃に腫瘍《しゅよう》がみつかったの」

「……え？」

「再検査の結果、腫瘍は良性だった。ただ、先生は、『将来、悪性に変わる可能性があります』といった……。私は、今年に入ってから胃もたれが続いた。いやな予感がして病院にいくと腫瘍ができていた……。今度は……。悪性だった」

母が私をみつめる。

「私は、来週、手術をしなければならない……。そのあと、しばらく入院することになる……。だから、光り子にあさひの保育園を探してほしいのよ……」

私は保育園に通った記憶がない。

私のそばにはいつも母がいた。母は内職をしながら子育てをしてくれたのだ。

私は、あさひを自分の幼少期と同じように育てたい。

目をとじて深呼吸をする。

そして、このとき、私は、新大阪店を閉める決心をした。

「お母ちゃん。あさひのことは私にまかせて……。お母ちゃんは何も心配しなくていい……。しっかり治療してはやく元気になってね」

母が視線をそらす。

私は母の暗い表情をみて不安でたまらなくなった。

父は二年八カ月前に事故死した。

もし、母にまで何かあったら、私は、一体、どうすればいいのだろう……。

その日の午後十時。明が帰宅した。

「明……。お母ちゃんの胃に悪性腫瘍がみつかったの」

私は、明に、来週、母が手術すること、しばらくは私が一人であさひの面倒をみることと、今月で赤字が続いている、「和洋せっちゅう　ほほえみ」の新大阪店を閉めることを伝えた。

明は口を結んで、「尼崎店と難波店はおれが責任をもって守る……。光り子はお母さんとあさひのそばにいてくれ」と答えた。


一週間後。

三月八日。母の手術がおこなわれた。胃の三分の二が切除された。

私はまさかこれほど胃を切るとは思わなかった。母は多くを語らない。しかし、ガンは想像以上に進行していたのだ。

明は母のために個室をとってくれた。私は毎日一歳のあさひをつれて病院に通った。

四月。私はあさひと一緒に母の病室にいる。

母は眠っている。目の下にはくまができて頬がこけている。

このひと月で母は急激に衰えた。現在五十四歳だけど六十歳を超えているようにみえる。

私はたくさん親孝行をしたかった。

だけど、何もできなかった……。

「お母ちゃん……。ごめんね」

思わずつぶやくと母がゆっくり目をあけた。

「光り子。今、どうしてあやまったの？」

「だって……。私、親孝行をすることができなかったから……」

「何をいってるの……。光り子の笑顔はいつも私を幸せにしてくれた……。よくきいて……。あなたは、お父さんとお母さんの、『人生の光』だったのよ……」

母は、私の手を優しく握ってくれた。


明は尼崎店と難波店を一日に何往復もした。明の努力のおかげで四月は二つの店の売り上げが伸びた。

私たちは新大阪店から撤退したことも含めて久しぶりに利益を得た。

人生には、光と闇が混在している。

司は、このあいだ八作目の長編小説を出版した。しかし、今も事故によって動かなくなった左足の障がいに苦しんでいる。

麗奈は、司という、「運命の男性《ひと》」と結婚することができた。だけど、麗奈の体は卵子を成長させる力が弱い。そのため、赤ちゃんを授かることができないかもしれない。

ヘラヘラは、叶さんと出会って前向きに歩み始めたときに人気が急落した。

そして、私は、あさひが誕生した喜びもつかの間、母の病気が発覚した。さらに新大阪店はわずか一年十カ月で撤退に追い込まれた。

人間は、どれだけ努力しても、人生を、幸せ（光）で満たすことができない。

不幸（闇）は、わずかな隙間をみつけて入ってくる……。

夏が過ぎて秋になった。

十月。母は自宅で静養している。あさひの世話もしてくれている。私は母の様子をみながら週に三日ほど店にでるようになった。

明は、「光り子。しばらくは尼崎店と難波店をしっかり守っていこう。『ほほえみ』のファンは確実に増えている。地道に努力すれば、必ず、全国の人に、『ほほえみ』を届けることができる」といってくれた。

三カ月が経った。

二〇〇三年を迎えた。今年、私と明は三十歳、あさひは二歳、母は五十五歳になる。そして、3号は十七歳だ。

一月のなかばに母の体調が悪化した。悪性腫瘍が複数の臓器に転移したのだ。母は再び入院した。今回は手術ではなく抗がん剤治療をおこなう。もう腫瘍を取りのぞくことは不可能なのだ。

担当の先生は、私と明に、「つらいお知らせがあります……。お母さまの余命は、あと半年ほどだと思います」といった……。

三月。母が自分の意志で退院した。母は残りの日々を思い出のつまった長屋で過ごすことを望んだのだ。

母は体重が三十キロ台に落ちた。それでもあさひの世話をしてくれた。

私は、毎日、母のそばにいた。そして、母とたくさん話をした。


六月十一日午後一時。私とあさひと3号は、母のふとんの横で体をのばしている。

「……光り子、起きてる?」

「うん。お母ちゃん、しんどいの?」

体をおこして母の枕元に座る。

「大丈夫……。あのね……。人間は、いつ死ぬと思う?」

私はつばをのみこんだ。

母は、「私は、人間の終わりは、肉体がなくなったときじゃないと思うの……。光り子は、いつも、お仏壇の前で、円と遥姉さんとお父さんと明くんのお母さんの名前を読み上げて手を合わせてくれるでしょう? それは、光り子の心のなかにご先祖が存在しているからだと思う……。私は、ずっと、光り子がお仏壇に手を合わせる姿をみてきた。そして、人間は、肉体を失っても、家族や愛する人の心のなかで生きられることを知った……。私はもうすぐこの世界を去らなければならない。だけど、私は、肉体がなくなっても、光り子の心のなかで生き続けることができる。そのことを思えば何も怖くない……。お母さんは、安心して、命を終えることができるわ」といった。

母が透き通った眼差しで微笑む。

私は何も答えることができなかった。

途中から涙があふれてどうしようもなかった……。

三日後。六月十四日。

母が、亡くなった。

五十五歳だった。

今回も家族葬で母を見送った。ただ、母の姉の香さんには連絡した。

お葬式には、大阪から、香さんとご主人、そして、母のご両親が参列してくれた。香さんは疲れた顔をしていた。ご主人の電機会社は規模を縮小して存続している。ただ、創業家は役員からはずされた。香さんのご主人は一社員になったのだ。

香さんは私と明を無視した。私はその様子をみて、近い将来、母の実家とは縁が切れるのだと思った……。

お葬式と初七日法要が終わった。
私は母の遺骨を抱いて長屋に戻ってきた。
中陰壇に手を合わせる。
悲しくて、寂しくて、たまらなかった。
明は、十六歳のときに唯一の肉親であるお母さんを亡くした。
私は、二十六歳で父を、三十歳で母を失った。
私たちには、もう、この世界で、頼る人間がいなくなってしまった……。

五　光

八月一日。母の満中陰法要を勤めた。

私は、母が亡くなってからの四十九日間、お仏壇に手を合わせ続けた。

法要には、司と麗奈、そして、ヘラヘラと叶さんがきてくれた。

司は、先月、九作目の長編小説を出版した。

法要後、長屋で食事をした。そのとき、麗奈が、「光り子。今度、司くんのオリジナル脚本がドラマ化されるのよ」といった。

「すごい。司くん大活躍だね」

「今回はテレビ局から直接連絡がきたの……。このあいだのドラマは視聴率が悪かった。だけど、局内の評判はよかったんだって……。ただ、司くんは執筆するにあたって一つだけ条件をだした」

「……条件？」

「そう。司くんは、もう一度、主演をヘラヘラさんにしてほしいとお願いしたのよ」

司がうなずく。

「光り子さん。ぼくは、デビューしてからの六年間、市井の人びとの日常生活を描いてきた。ぼくの物語には過激なセリフや派手なアクションがないので映像にするとどうしても地味になってしまう。だから、テレビ局からオリジナル脚本の話をいただいたとき、何か視聴者を惹《ひ》きつける方法を考えなければならないと思った……。今回のドラマにヘラヘラさんを推薦したのには理由がある。ヘラヘラさんは、『特別な能力』をもっている。ぼくは、ヘラヘラさんの力を百パーセント解き放てばみんなをびっくりさせる演出ができると思ったんだ」

私は首をかしげて、「司くん、みんなをびっくりさせる演出って何？」と聞いた。

司が姿勢を正して私をみる。

「ぼくが創作の道に進んだのは高校三年生のときに光り子さんが励ましてくれたからだ。ぼくは、ずっと光り子さんに恩返しをしたいと思ってきた……。今回の脚本はもうすぐ出版される。ちょうどぼくの十作目になる。十作目は尼崎を舞台にすると決めていた……。じつは、この作品は、光り子さんの半生を脚色したものなんだ」

「え、嘘」

麗奈がため息をつく。

「それが本当なのよ……。私は、光り子なんか描いてもしょうがないと思ったんだけどね」

そのとき、疑問がわいた。

「麗奈、でも、主演はヘラヘラさんなんでしょ？」

「だ・か・ら、ヘラヘラさんが、『光り子役』をするのよ」

絶句した。

みんなをびっくりさせる演出とは、主演の男性が女性を演じることだったのだ。

私は初めてヘラヘラに会ったときのことを思いだした。ヘラヘラは優しい顔立ちで物腰がやわらかかった。体の線が細くて骨格が女性のようだった。

「たしかにヘラヘラさんがメイクすれば本物の女性にみえるけど……。声は男性じゃない」

「大丈夫よっ」

ヘラヘラが高く透き通った声で答える。

「私はお笑いのピン芸人です。老若男女を演じるために、毎日、女性の声音や立ち居振る舞いを練習しています……。一応、お伝えしておきますが、光り子さんの子ども時代を演じるのは可愛い女の子ですよ」

司がうなずく。

「光り子さん。テレビ局からオリジナル脚本の依頼があったのはちょうど半年前の二月一日だったんだ。そのとき光り子さんのお母さんは入院されていた。光り子さんは、毎日、病院に通っていた……。ぼくは光り子さんに負担をかけたくなかった。だから、ぼくと明と麗奈とヘラヘラさんで客観的事実を積み重ねながら光り子さんの半生を描いていった。もちろん登場人物の名前は変更している。ただ、お店の宣伝も兼ねて、『ほほえみ』『えがお』『おおわらい』『塩にぎり』という名称はそのまま使わせてもらった」

司の視線がお仏壇に移る。

「それから、円ちゃんを登場させるかどうかについては議論があった。だけど、ぼくは今回のドラマに円ちゃんは必要だと思った。円ちゃんは、半年間、精一杯生きた。そして、今は光り子さんを見守ってくれているからね……。光り子さん。円ちゃんの最期はテロップで、『不慮の事故』とだけ伝えるから安心して。撮影は明日から始まる。放映は三カ月後の十一月だよ」

司が微笑む。

私は、司の慈しみに満ちた表情をみて、すべてがわかった。

母は今年の一月の中旬に、「余命半年」と宣告された。司にオリジナル脚本の依頼があったのは半月後の二月一日だった。

司は、私を励ますために今回の脚本を作ってくれたのだ。

胸があつくなる。

そして、私は、本当に、ひさしぶりに、この世界に、「光」を感じた。


一カ月が経った。

九月。私と明は自分たちが使っている長屋の部屋を解約した。そして、私が生まれ育ったとなりの部屋に引っ越した。

明は、毎日、「和洋せっちゅう　ほほえみ」の尼崎店と難波店を何度も往復している。私は長屋で子育てをしながら帳簿をつけている。

最近、「塩にぎり」の売り上げがいい。明の努力が少しずつ実を結んでいるのだ。

ただし、私たちは、今、停滞状態だ。

私と明は新大阪店の失敗から立ち直っていない。次の展開を考える余裕はまったくない。

商売は前進することをやめると衰退する。

　私たちの未来は決して明るいわけではないのだ。


二カ月が過ぎた。

十一月。いよいよ今晩、司の二時間ドラマが放映される。

午後八時半。司と麗奈、そして、ヘラヘラと叶さんが長屋にきてくれた。

午後八時五十分。明が帰宅した。明は、「今日は早退させてもらった。尼崎店と難波店の片付けは従業員がしてくれる」といった。

明が3号を抱いてテレビの前に座る。

私はあさひと一緒に明のとなりに座った。

3号の頭をなでる。3号が目を細めてのどを鳴らす。

3号は声がでない。その分、いつものどをゴロゴロさせて喜びをあらわすのだ。

午後九時。ドラマが始まった。

タイトルは、「光の路《みち》」だ。

司は、「光り子さんと明とあさひちゃんの名前は、『光』を意味している。ぼくは三人の歩みをタイトルであらわしたんだ」といった。

ファーストシーンは大阪市の児童養護施設だった。

若い男性が職員に見送られて施設をあとにする。

男性はヘラヘラだった。

ヘラヘラは、「私は、司さんのご自宅で出来上がったばかりの手書きの原稿を読ませていただきました。脚本を読み終えたとき、私が演じるのは光り子さんのお父さんだと思いました。そのことを伝えると、司さんは、『今のところ配役が決まっているのは光り子さんだけです。キャスティングにはぼくの意見も反映されます……。それでは、ヘラヘラさんは、お父さんと……。光り子さんを演じてください』と仰いました。私は言葉を失いました……。司さんは優しい顔をして驚くような提案をされますね」といった。

私はうなずいた。

私も、司が、難波店で、「デカわらいとデカおにぎり　今日はだいたい一・五倍やで」という看板を作ってきたときはびっくりした。

ヘラヘラが演じる父は美男子すぎる。ただ、話し方や表情が父に似ていた。

ヘラヘラは一を聞いて十を知る。私は聡明で多才なヘラヘラだからこそ、電話の声を聞くだけで父の特徴をあらわすことができるのだと思った。

父は尼崎の工場で働き始めたときいじめにあっていた。だけど、父には逃げるところがない。父は、毎日、ロッカールームで泣いていた。私は父のこんな姿をまったく知らなかった。

司は、「光り子さんのお父さんの半生はヘラヘラさんの話をもとに脚色したんだ。光り子さんのお父さんはご自身の体験をヘラヘラさんに伝えてくれていたからね」といった。

父は、毎日、ヘラヘラに生きる力を与えるために電話をしていた。そのとき、過去の出来事を包み隠さず話したのだろう。

その後、父は二十三歳のときに母に出会った。母役は清楚な雰囲気の有名女優だった。

父は母の告白を一度断っていた。家庭環境や学歴に大きな差があったからだ。

そのとき、母は、「私は、地位や名誉や財産に興味はない……。あなたは、私の、すべてよ」と答えていた。

振り返ってみると、母はいつも毅然としていた。どんなときも自分の意志を貫いた。

私は、あらためて、母は強い女性だったのだと思った。

父と母が市役所に婚姻届を提出するシーンがあった。

受付の女性が、「おめでとうございます」というと、父はその場にくずれ落ちて泣いた。

このとき、父は、生まれて初めて、「家族」をもったのだ。

一年後。

父が赤ちゃんの私を抱いている。

父は、母に、「おれは児童養護施設で育った。ずっと自分の存在意義がわからなかった……。だけど、結婚して、赤ちゃんを授かって、その意味がわかった……。おれがこの世界に生まれたのは家族を守るためだったんだ……。おれには地位も名誉も財産もない。それでも、命ある限り、家族のために働き続ける」といった。

ヘラヘラの演技は真に迫っていた。

胸に熱いものがこみあげる。

父の人生は苦しみに満ちていた。だけど、父は愚痴や不満をいわなかった。最後まで家族のために働き続けた。

それは、この強い決意があったからなのだ。
私が三歳のときに妹が生まれた。
四月のあたたかな日、母が内職をしている。
画面が暗くなっていく……。
そして、ゆっくりと、「妹が不慮の事故で亡くなった」というテロップが流れた。

その後、一気に時間がとんだ。
私は高校一年生になっていた。
桜の木の下で制服をきていたのは……。
私に扮《ふん》したヘラヘラだった。
麗奈が、「うわ、きれい！」と声を上げる。
私はうなずいた。
メイクをしたヘラヘラは華やかで美しい。
言葉づかいやしぐさは女性そのものだ。
この常識を超える演出に視聴者は間違いなく驚いただろう。

明役は大柄な新人俳優だった。この俳優も話し方や動きが明に似ていた。司が私をみる。

「光り子さん。『ほほえみ』の難波店はロケで使わせてもらったんだ。そのとき明が俳優さんに演技指導をしてくれたんだよ」

明はあわてた様子で、「司、変なことをいうな。光り子。俳優さんはマスクをつけて一週間難波店を手伝ってくれたんだ」といった。

私は、毎日、長屋であさひと過ごしている。近所の尼崎店にはあさひをつれてときどき顔をだすけれど、難波店にはまったくいっていない。この三カ月のあいだに難波店ではいろいろなことがあったのだ。

ちなみに司役は若手の名バイプレーヤー（おもに助演で活躍している俳優）で、麗奈役は大阪の女性芸人だった。

そのあとの展開はほぼ事実通りだった。

私は明と再会、結婚した。

父が転落事故で急死した。

あさひが誕生した。

私が新大阪駅に有人販売所をもった。しかし、二年もたずに撤退に追い込まれた。そして、母が闘病の末にこの世界を去った。

司の脚本は、登場人物の喜びと楽しみ、苦しみと悲しみを見事にあらわしていた。

司は、デビューしてからの六年間、「大衆物語作家」として、ひたすら、市井の人びとの喜怒哀楽を描いてきた。

司だからこそ、私のような一般市民の日常生活に息吹《いぶき》を与えることができるのだ。

ラストシーン。

私と明がお仏壇に向かって手を合わせている。すると、半透明の父と母が目の前にあらわれた。

父は私と明をみつめながら、「お父さんは本当に幸せな人生を送らせてもらった。家族と笑顔で過ごした時間は何にもかえがたいすばらしいものだった」といった。

母は、「お父さんとお母さんは、ずっと、ずっと、あなたたちを見守っている……。だから、どんなときも、明るく、前向きに生きていってね」といった。

父と母が微笑む。

私と明とあさひが明るい表情でうなずく。

みんなの輝いた笑顔が未来へ向かう光の路になったところでエンドロールが流れだした……。


「光の路」には勝者がいなかった。

だけど、敗者もいなかった。

私は、しばらく、ドラマの余韻に浸った。

胸に手をあてる。

体の奥から新たな力がわいてくる。

「司くん……。ヘラヘラさん……。麗奈……。叶さん……。本当にありがとうございました……。私は、これから、どんなときも、明るく、前向きに生きていきます」

私はみんなにむかって頭を下げた。


翌日。

「光の路」の視聴率が発表された。

何と、十六パーセントだった。

前回のドラマより十パーセントも上昇した。

ヘラヘラは、私の父の十八歳から五十一歳までの三十三年間と、私の十六歳から三十歳までの十四年間を演じた。

老若男女を、自然に、そして、生きいきと演じるヘラヘラの能力は多くの人びとをテレビ画面に釘付けにしたのだ。

私はヘラヘラが再浮上のきっかけをつかんでくれたことがうれしかった。

次の日。ヘラヘラから電話があった。

ヘラヘラは、「私は幸道さんと光り子さんの半生を演じることができて光栄でした……。今、私と叶は東京の中古マンションをみにきています。このあいだ、司さんのご自宅に伺ったとき麗奈さんがすごく幸せそうにしていました。その様子をみて、『家』は大切だと思いました。叶がこのマンションを気に入れば思い切って購入しようと思います……。それから、今朝、テレビドラマのオファーを二ついただきました。映画出演の話も進んでいます。ただ、私はこれまでの経験から、喜びや楽しみのあとには苦しみや悲しみがくることを知っています。近い将来、また、目の前に大きな壁があらわれるでしょう……。それでも、私は、叶と力を合わせて、どんな困難も乗り越えようと思います」といった。

ヘラヘラの声は生命力に満ちていた。

また、「光の路」の単行本は出版と同時に重版された。私は、「光の路」は司の最大のヒット作になると思った。

そして、「和洋せっちゅう　ほほえみ」の尼崎店と難波店は売り上げが急増した。特にドラマの舞台になった難波店は一日中行列ができた。司がドラマのなかで、「ほほえみ」「えがお」「おおわらい」「塩にぎり」という名称をそのまま使ってくれたからだ。

明はより明るく前向きに働くようになった。

私は、この盛況が、「ほほえみ」の全国展開につながることを願った。

これまで、私たちは、何度も奈落の底に突き落とされてきた。

それが、今、みんなが、人生に希望を持っている。

私は、そのことが、本当に、ほんとうに、うれしかった。

十二月。

「光の路」のテレビドラマが放映されてから一カ月が経った。

「あさひ、大阪行きの電車がきたよ」

午後一時過ぎ、私はあさひの手をとって尼崎駅のベンチから立ち上がった。

今日は、司と麗奈、ヘラヘラと叶さんが、「和洋せっちゅう　ほほえみ」の難波店を手伝ってくれている。ヘラヘラは一カ月ぶりの休みを利用して東京からきてくれたのだ。

午後二時。私とあさひは難波店に到着した。

今日も難波店は盛況だ。

司が椅子に座ってこしあんを作っている。麗奈と叶さんが、「デカわらい」のエプロンをつけて行列の整理をしている。ヘラヘラは目立たないように店内の調理場で明を手伝っていた。

私は、みんなに挨拶したあと、あさひと一緒に司のとなりの椅子に腰かけた。

「光の路」の単行本は増刷を重ねている。すでに発行部数は五万を超えた。

「司くん、ありがとう。こんなにお客さんがきてくれるようになったのは、『光の路』

のおかげよ」

司は首を横にふって、「ぼくは光り子さんの半生を脚色しただけだ。特別なことは何もしていない……。今回、ぼくは初めて、有から有を作った。物語とは違う醍醐味《だいごみ》があってとても勉強になった。ただ、ぼくには無から有を創るほうが合っている。ぼくは、これからも、『物語世界』にチャレンジしていくよ」といった。

私は、「物語世界」という言葉に夢を感じた。

司と視線を合わす。

「私、司くんの無から有を創る能力がうらやましい……。創作は自由の象徴だと思う。司くんには無限の可能性があるわ」

司がこしあん作りの手を止める。

「光り子さん。大衆物語は読者に共感してもらうことが大切なんだ。そのためには登場人物に息吹を与えることはもちろん、ストーリーの飛躍や矛盾をできるだけ少なくしなければならない。それは物語が進めばすすむほど制約が増えていくということだ。たとえば、長編の場合、伏線を回収して話のつじつまを合わせるのには莫大な時間がかかる。そうして何とかクライマックスを描いて物語を完成させたときには心身ともに疲れ切っている……」

司は一つ息を吐いた。

「ぼくは、『物語世界』が好きだ。だけど、無から有を創るのは難しい。最近は自分の限界を感じることもある……。つまり、創作は不自由で有限なものなんだ。それに対して、『現実世界』はどこまでも自由だ。そして、現実には無限の可能性がある。実際、この世界では、いつ何がおこるかわからない。ぼくもこれまで論理を超えた飛躍や矛盾をたくさん経験してきた。理不尽さに苦しめられたのは一度や二度じゃない……。ただ、それは裏返すと、いつか物語では描けない、『想像を超える喜び』に出会えるということだ」

たしかに、「現実世界」では、論理を超えた飛躍や矛盾、理不尽な出来事が頻繁におこる。

ヘラヘラは孤児だった。

司は交通事故によって左足が不自由になった。

明は高校一年生のときにお母さんを失って天涯孤独の身になった。

私は三十歳で両親と死別した。そして、3号は、明に命を助けられたけれど、十七年間、声がでない……。
ただし、「闇」があれば、「光」もある。
司がいうように、私も、いつか、「想像を超える喜び」に出会えるのだろうか？

午後九時。
私たちは明日の準備を終えて難波店をでた。
そのとき、麗奈が、「私、今日、カメラをもってきたの。みんなで写真とらない？」
といった。
司と麗奈、ヘラヘラと叶さん、明とあさひと私が一列に並ぶ。
麗奈が前を通りかかった千鳥足の男性に、「おじさん、写真とってほしいんだけど」
と声をかける。
男性は機嫌よくカメラのシャッターを押してくれた。

二日後。
「光り子。写真ができたよ」

私が長屋であさひの世話をしていると、麗奈が四つ切りにプリントした写真をもってきてくれた。

司、麗奈、ヘラヘラ、叶さん、明、あさひ、私が顔をくしゃくしゃにして笑っている。

麗奈は自慢気に、「いい感じでしょ」といった。

「うん……。麗奈。ありがとう。私、この写真を宝物にするね」

その後、私はフレームを買ってきて集合写真をお仏壇の横の壁に飾った。

十日が経った。

十二月二十日。東京の百貨店から長屋に電話がかかってきた。

私は話を聞きながら胸が弾んだ。なんと、デパートのなかに、「和洋せっちゅう　ほほえみ」の店舗を提供してくれるというのだ。

私の願いは、「ほほえみ」を全国の人に届けることだ。首都・東京での、「ほほえみ」の販売は全国展開につながる可能性がある。

三十分後。私は明に直接この話を伝えるためにあさひをつれて難波店に向かった。

尼崎駅のホームで電車を待っているとあさひが笑顔で空を指さした。

一点の曇りもない青空が広がっている。

私は中学一年生のときに長屋から空を眺めたことを思いだした。

私が子どものころは澄んだ青空をあまりみたことがなかった。時の流れは尼崎の空を美しくしてくれたのだ。

時の流れ……。

私はすでに三十歳だ。あさひはあと三カ月で三歳になる。

時間が経つのは本当に早い。あさひもあっという間に小学生になるだろう。

昔、「さつき文化」のとなりの部屋に住んでいた若夫婦は長女が小学校に上がる直前に一軒家に引っ越した。

司と麗奈は注文住宅を建てた。

ヘラヘラと叶さんは東京でマンションの購入を考えている。

「阪神・淡路大震災」がおこったとき、大家さんは、「幸道さん。あと二十年は、『さつき文化』に安心して住んでいただけると思います」といった。

大震災からもうすぐ九年が経つ。長屋で暮らせるのも最大であと十一年だ。

私はあさひの頭をなでた。そして、あさひが小学校に上がるころを目標にして、もう一度、一軒家の購入を考えてみようと思った。

三十分後。私とあさひは難波店に到着した。私は明に東京の百貨店の話を伝えた。

明は口を結んで、「一過性の人気で東京に進出するのは危険だ……。だけど、商売は戦いだ。光り子。やってみよう」といった。


十二月三十一日。大晦日《おおみそか》。

午後十時。明が長屋に帰ってきた。「和洋せっちゅう　ほほえみ」は年中無休だ。明は元日も尼崎店と難波店を行き来する。

私と明はお仏壇に手を合わせた。

お仏壇には過去帳と位牌とご先祖の写真を収めている。

私は、一年の最後の日にご先祖の名前を読み上げながら、あらためて、この世界のはかなさとむなしさを感じた……。

何気なくうしろをみる。

あさひが正座して手を合わせている。

私は驚いた。

あさひは自分の意志で合掌《がっしょう》しているのだ。

視界がゆがむ。

次の瞬間、涙があふれでた。

明は、「ひ、光り子、どうしたんだ？　悲しいことでもあったのか？」といった。

「ううん……。今、あさひが、手を合わせてくれていたから……」

私はあさひを引きよせた。

「あさひ、ありがとう……。明。私、お母ちゃんの気持ちがわかった……。人間は、みんな、いつか、命を終える。私も、明も、必ず、この世界を去らなければならない……。だけど、きっと、あさひは私たちを心のなかで生かし続けてくれる。私、それが、うれしくて……」

明が私の手をとってうなずく。

部屋全体が清らかな空気に包まれる。

そのとき、3号が目の前にやってきた。
3号は前足をそろえて私をみつめた。
私は首をかしげて、「3号、どうしたの？　おなかがすいたの？」と尋ねてみた。
3号が大きく息を吸う……。

「にゃあ――――――――っ！」

私と明とあさひは、「ええええ――――――――っ！」と叫んだ。
3号が長屋にきて十七年になる。
私たちは、いま、初めて3号の声を聞いた。

「にゃああああああ――――――――――――――っ！」

また3号が声を上げる。
私たちは、ひと呼吸おいて一斉に吹きだした。

あさひが手を叩いて喜んでいる。

明が爆笑しながらひっくりかえる。

私はしばらくおなかをかかえた。


こんなに笑ったのはひさしぶり……。

いや、生まれて、初めてだ。


明がおきあがって3号に顔を近づける。

「お、おまえ、声がでるじゃないか……。も、もっとはやく鳴いてくれよ……。おれたち、十七年も心配していたんだぞ」

難波店での司との会話がよみがえる。

司は、「『現実世界』はどこまでも自由だ。そして、現実には無限の可能性がある。実際、この世界では、いつ何がおこるかわからない」といった。

3号が何故鳴いたかを解明するのは難しい。

ただ、私たちは、さっき、心の底から笑った。私は、3号が十七年間声をださなかった理由を考えるよりも、今、「想像を超える喜び」に出会えたことを素直に受けとめようと思った。

3号を抱き上げる。

3号がのどをゴロゴロさせて、「にゃあー！　にゃあー！」と鳴く。

すると、あさひも、「にゃあー！　にゃあー！」といって私と3号に飛びついてきた。

明が両手を広げる。そして、明は笑いながら私とあさひと3号を抱きしめた。

家族の体温と息吹を感じる。

体が、心が、あたたかくなる。

明の肩越しに、お仏壇のなかの写真と壁に飾った集合写真がみえた。

円、遥さん、お父ちゃん、お母ちゃん、明のお母さん、そして、司、麗奈、ヘラヘラ、叶さんの笑顔が輝いている。

私は感激した。

今、目に見えるものすべてが光を放っている。

まさに、「青色青光　黄色黄光　赤色赤光　白色白光」だ。

私は、この、「光に満ちた瞬間」を、ずっと、ずっと、覚えておこう。

人生には、光と闇が混在している。

ヘラヘラは、「私はこれまでの経験から、喜びや楽しみのあとには苦しみや悲しみがくることを知っています。近い将来、また、目の前に大きな壁があらわれるでしょう」といった。

司は、「ぼくは、『物語世界』が好きだ。だけど、無から有を創るのは難しい。最近は自分の限界を感じることもある」といった。

人間は、どれだけ努力しても、人生を、幸せ（光）で満たすことができない。

不幸（闇）は、わずかな隙間をみつけて入ってくる。

私と明とあさひも、生きればいきるほど、苦しみや悲しみを経験する。自分の限界を感じて絶望することもあるだろう。

来年、「和洋せっちゅう　ほほえみ」は東京に進出する。

ただし、東京店が成功する保証はどこにもない。新大阪店の二の舞になる可能性は十分ある。

だけど、私は、何度挫折しても、決してあきらめない。
絶対に、負けない。

私の名前は、「光り子」だ。

私がこの世界に誕生したのは、苦しいときも、悲しいときも、ひたすら光を求めて歩み続けるためだ。
私は、どんな困難に襲われても、家族と力を合わせて、必ず、乗り越えてみせる。

明とあさひと3号が私をみつめている。
家族の笑顔がきらめく。

そのかけがえのない光が未来へ向かう路《みち》となる。

私は、うれしくてたまらなくなった。

そして、すべての愛情と強い決意をこめて、明を、あさひを、3号を、力いっぱい、抱きしめた。

［装丁］
bookwall
［装画］
川上和生
［本文イラスト］
井田やす代

初出　月刊『ＰＨＰ』二〇二〇年二月号～二〇二一年六月号の連載
「光り子」を改題し、加筆・修正したものです。

〈著者略歴〉
浅田宗一郎（あさだ・そういちろう）
1964年大阪市生まれ。浄土真宗の僧侶（住職）。作家。児童小説としては、『さるすべりランナーズ』（岩崎書店　第34回児童文芸新人賞受賞）、続編の『虹のランナーズ』（ＰＨＰ研究所）、大衆演劇の世界を描いた『光の街――出逢劇団の人びと』（岩崎書店）などがある。一般小説としては、『お坊さんがくれた 涙があふれて止まらないお話』『読むたびに、心がスーッと澄みわたるお話――お坊さんからの贈りもの』（以上、ＰＨＰ研究所）などがある。

涙のあとに、微笑みを
菓子店「ほほえみ」・光り子の物語

2021年７月27日　第１版第１刷発行

著　者　浅田宗一郎
発行者　後藤淳一
発行所　株式会社ＰＨＰ研究所
東京本部　〒135-8137　江東区豊洲5-6-52
第一制作部　☎03-3520-9615（編集）
普及部　☎03-3520-9630（販売）
京都本部　〒601-8411　京都市南区西九条北ノ内町11
PHP INTERFACE　https://www.php.co.jp/
組　版　株式会社PHPエディターズ・グループ
印刷所　株式会社精興社
製本所　株式会社大進堂

ISBN978-4-569-84987-4